MADO

Jean-Louis Boulonne

MADO

Éditions Sydney Laurent – Jean-Louis Boulonne
ISBN : 979-10-326-3256-7

À Mon Grand Père

Napoléon Eugène-Victor-Louis Boulonne

Poilu de la grande guerre

LE RÊVE

Avant d'entrer dans la première partie du texte de ce roman, il est important de comprendre le rêve, enfin ma façon de rêver…

Je suis un grand rêveur, outre les explications scientifiques, le rêve est pour moi un état mystérieux, merveilleux où j'aime être plongé, m'enivrer, il me surprend au plus profond de mon sommeil sans crier gare, c'est une allégorie intemporelle qui peut être une suite d'images et de dialogues, qui apparemment n'ont pas de sens et qui se suivent dans une espèce d'anarchie incontrôlable. Ou bien le rêve est structuré, les images sont nettes, une histoire, un événement qui peuvent avoir un lien avec les activités de la journée, une rencontre, une lecture, un film, les images viennent percuter mon cerveau, m'envoient vers un horizon d'un rare réalisme. Ou encore, je suis semi-conscient, cela peut devenir une histoire que je structure, que je modèle à mon goût, que je peux contrôler, développer, ce qui me permet de créer une fiction à partir d'un événement, d'un souvenir, c'est comme un miracle, ce contact magique relève de la télépathie ou du subconscient, ces moments me laissent un souvenir tellement précis que j'en suis désorienté entre rêve et réalité… À ce stade, je peux bâtir une prose sans frontières, sans limites, laissant libre cours à toutes les possibilités d'espace et de temps, le graal de l'instant où la frontière du temps est dissipée.

Mado

Affalé dans mon transat, depuis ma terrasse ombragée, j'observe la coulée du petit bois qui descend en pente douce vers le bras de Seine. En ce début de matinée automnale, persistent quelques petits bans de brume enveloppant les arbres. Les rayons filtrants du soleil semblent s'abreuver de la rosée du matin suspendue aux feuilles des arbres d'où s'échappent par instants la boule noire d'un merle, d'une mésange charbonnière, d'un rouge-gorge flamboyant… J'aime contempler ce spectacle qui malheureusement ne saurait durer éternellement… Hanté et persécuté par l'idée que l'homme ait décidé que la nature lui était dédiée à lui seul et qu'il pouvait faire fi de toutes les autres espèces, bien qu'elles occupassent ce vaste monde depuis bien avant son arrivée à lui, l'homme, sur cette Terre qui ne demandait que l'harmonie entre toutes les espèces. Quand les hommes décideront ils qu'il est temps de reprendre les clés de leur destin qui est à contre-sens de leur envie de toujours plus de tout ? Se rendent-ils compte qu'ils se condamnent à une disparition inéluctable ? Ce sera leur ultime profit. La nature, elle, blessée, usée, moribonde reprendra progressivement sa destinée, quelques bactéries survivantes recréeront un monde nouveau où cette fois, c'est l'homme qui n'aura plus sa place.

J'en étais là de mes réflexions lorsque… l'arrivée du facteur me fit sursauter :

- Bonjour, j'ai sonné, vous n'avez sans doute pas entendu ?
- Eh bien, non ! D'ici, je n'entends pas le carillon.
- J'ai un colis pour vous, et votre courrier.
- Merci d'être descendu, bonne journée !
- A vous aussi, à la prochaine…

Sur ce, il disparut aussi vite qu'il était apparu, je me fis la réflexion : « fini le bon temps où on pouvait encore offrir un petit café au facteur, rendement oblige… ».

Le colis était pour mon épouse, une commande de laine, des publicités, une demande de dons : « Tendez la main aux lépreux, eux qui n'en ont plus, sans doute de l'humour, douteux… », l'habituel courrier, mais ouf ! Une lettre de mon oncle Robert (quatre-vingt-douze ans), frère cadet de mon père. Depuis bien des années, nous avions ce lien épistolaire. Je lui ai posé beaucoup de questions sur les origines de notre famille, cet échange s'était enrichi au fil des ans de nombreuses découvertes et anecdotes qui pouvaient engendrer aussi bien l'hilarité qu'un peu de tristesse. Dans ce courrier, il était question une nouvelle fois de mon grand-père, donc son père, dont il m'avait reconstitué les différentes étapes de sa vie, l'espace le plus important étant celui de la grande guerre, nous revenions souvent sur ce sujet qui paraissait inépuisable. Le plus grand plaisir que m'ait fait Grand-Père est de m'avoir donné, alors que j'étais encore très jeune, ses cahiers et notes de guerre, c'était son souhait qu'ils me reviennent, je les ai lus, relus, gravés dans ma mémoire, ce qui m'a bien sûr amené à me poser par la suite de nombreuses questions qui malheureusement n'ont pas toutes trouvé de réponse.

L'air devenait plus chaud, plus lourd, Gaffi, mon chat se tenait étalé à l'ombre que lui procurait un oranger du Mexique à l'angle de la cabane du jardin, « cherchez le chat de la maison, et vous trouverez le meilleur endroit où faire la sieste ». L'emplacement lui était contesté par Mado, ma chienne berger belge qui le poussait du bout du museau pour le faire déguerpir. Un coup de patte bien appliqué du chat lui fit comprendre de chercher un autre endroit si elle voulait profiter d'un peu d'ombre, elle n'insista pas et vint se coucher sous mon transat.

Je m'enfonçais doucement dans la torpeur et la rêvasserie, des images commencèrent à m'envahir, lentes et floues, elles continuèrent à affluer sans précipitation mais de plus en plus nettes jusqu'à atteindre une forme de réalité.

M'apparaît alors le visage de grand-père, son visage anguleux, ses oreilles imposantes, ses yeux malicieux et rieurs, son allure désinvolte.

Outre les carnets qu'il m'avait donnés, sa guerre, il me l'a racontée par bribes, bien souvent lorsque nous étions à la pêche, les lieux étaient tranquilles, propices aux confidences, aux secrets, mais toujours avec retenue, pudeur, respect de ses compagnons disparus, envie d'oublier les horreurs. Lorsqu'il m'en parlait, il se contentait toujours de me narrer des épisodes pittoresques, pour le reste, quelques bribes d'atrocités et d'allusions au pire. À plusieurs reprises, il m'a dit, et ça m'est resté bien en mémoire : « J'ai survécu, mais cela n'a pas été facile, au fond, je n'y suis pas pour grand-chose, j'ai juste échappé au pire, si je suis encore là, je crois que Mado m'a beaucoup aidé, elle me dissimulait derrière je ne sais quel fantôme… Tu es le seul à qui je livre ces confidences car ceux qui ont vécu ce drame, n'en ont pas besoin et les autres ne veulent pas l'entendre… Alors, garde tout cela pour toi mon Galichou. » Lorsqu'il me faisait ses confidences sur les bords de la Saulx, Mado n'était jamais loin, à batifoler dans les grandes herbes et les roseaux bordant la rivière. Il s'agissait bien sûr de la descendante de Mado, celle qui était revenue avec lui en 1919, tous les deux enfin libérés ! Ce devait être la première d'une longue lignée : de génération en génération, il y a toujours eu une Mado jusqu'à aujourd'hui.

Pour creuser le sujet, j'ai dû approfondir la lecture de ses carnets et deviner les messages qui s'y dissimulaient, codés. J'ai essayé de deviner ce qui se cachait derrière les mots, les phrases, j'ai également questionné mon oncle à maintes reprises pour me faire une idée plus précise de cette époque grise.

Je sombre dans un sommeil plus profond, vaporeux, ma rêverie m'entraîne vers le front de Champagne, secteur de Berry au bac. Nous sommes début mars 1916, je suis le caporal d'ordinaire Napoléon Louis Eugène B, chef d'escouade à la roulante de la deuxième compagnie du 94ème régiment d'infanterie. Nous avons été mutés là après la catastrophe du 209ème disséminé après une contre-attaque boche sur le secteur.

Je rentrais de douze jours de permission, dont trois de trajets chaotiques ; à l'aller, le train de permissionnaires se trouvait souvent garé sur une voie parallèle pour laisser la priorité aux convois de matériel, de munitions et des dernières classes qui montaient au front.

Au retour, nous devions céder le passage aux wagons marqués d'une croix rouge, remplis de chair humaine blessée, écharpée, usée, déboussolée….

Après ce périple ferroviaire, j'ai enfin pu profiter de ma famille, bien réduite en cette période tourmentée : mon père, ma mère et ma sœur cadette. Mon frère aîné bataille lui aussi plus au nord, sur le front de la Somme. Mes parents m'ont appris avec ménagement qu'il a été blessé assez sérieusement aux jambes, mais n'ont pas voulu me l'écrire afin de m'éviter des angoisses supplémentaires. Sa vie n'est pas en danger, ce qui est le plus important. Je n'ai pu m'empêcher de me remémorer intérieurement, avec quelle frénésie certains chirurgiens que je qualifie de bouchers, manipulent le matériel à amputer au prétexte de l'urgence à éviter les infections et à désengorger les postes de premiers soins et de tri des blessés ; j'ai les plus grandes craintes quant à l'issue de ses blessures, va-t-il conserver intacts ses membres ? Je suis sceptique… Lorsque j'ai été moi-même hospitalisé, j'ai eu la chance de tomber sur un toubib qui était presque un Pays, un peu trop mystique peut-être, mais efficace dans le choix de ses soins, lui a su me remettre sur pied sans séquelles.

Ces quelques jours ont passé bien trop vite, le plus clair de mon temps j'ai vagabondé dans la campagne et la forêt environnantes, me ressourçant auprès de cette nature encore préservée, ici, loin du front, des heures entières assis au pied d'un arbre à contempler le merveilleux de l'évolution naturelle dans ce chaos où tout est à sa place, où il n'y a aucun espace libre entre chaque élément de la Nature, tout est plein de tout. Je n'ai même pas eu l'envie de me rendre dans un des bistrots du coin, de peur d'avoir à raconter le front et l'étripage humain, d'apprendre la disparition d'un de mes copains, d'affronter le deuil d'une mère, d'un père, d'une femme et de ses enfants, j'ai préféré me noyer dans la nature presque primitive, encore intacte, le nez plongé dans l'humus de la vie.

À l'issue de cette permission, je rejoins ma roulante à l'arrière de la deuxième ligne en compagnie de Claude Perrin dit Zig le parisien, que j'ai rencontré en chemin, je lui demande comment se sont passés ces quelques jours.

« Bien trop vite, je suis allé à l'imprimerie voir les copains pas mobilisés avec lesquels on s'est offert quelques belles virées, bals, caboulots, petits gueuletons, les filles, tout ça quoi… Alors, tu oublies un peu les tranchées. Ce qui m'a le plus marqué, c'est cette différence : lorsque tu sors de la gare de l'Est, c'est plein de trouffions, tu te crois encore à l'avant. Mais quand tu vas te balader du côté des grands boulevards, ils sont là tous les embusqués, attablés dans les grandes brasseries, chapeau claque et képi doré qui n'ont aucune idée de la réalité tragique du front, accompagnés des journaleux, devant une assiette de fruits de mer ; ils font la guerre à leur manière, sur un calepin, une carte du front où ils pointent selon les communiqués l'avance, le recul, les pertes, le moral au plus bas de l'ennemi, la prochaine offensive qui sera la bonne et la capitulation proche. Et le lendemain, tu peux lire, selon les formules consacrées : « Nos soldats tombent au champ d'honneur. Morts pour la France ». Ils subliment le sacrifice de milliers d'hommes qui offrent contraints leur poitrine à l'ennemi pour sauver le pays, quelle bande de salopards, d'hypocrites, de planqués qui n'ont jamais senti le souffle d'un obus, l'odeur de la mort, et voilà la presse !! Pour le reste, c'est pipeau, flûte et tambourin, avec des êtres semblables, cette imbécilité infernale peut continuer indéfiniment, pourquoi s'arrêteraient-ils d'écrire et de propager leurs mensonges ? Dormez tranquilles braves gens, le poilu se fait casser la gueule pour que vous puissiez faire la ribouldingue ! Et crois-moi, ce sont plutôt les grands bourgeois que tu retrouves là. Tu veux que je te dise, je suis presque content de revenir ici parmi les gens honnêtes, les gueux du front. Et toi, Napo ?

– Moi, tu sais, je vis dans un petit bourg où les gens se connaissent tous, pour eux la guerre est bien une réalité, ils n'osent pas en parler, ils font semblant de vivre. Mais un grand nombre de portes espère ne pas voir le maire arriver, la mine triste et à la main un pli bleu avec le tampon du ministère de la guerre, porteur de la pire nouvelle. Alors, j'ai passé le plus clair de mon temps à contempler la nature, j'ai beaucoup marché dans la forêt, j'y ai écouté le silence, assis au pied d'un chêne centenaire, j'ai observé le flot sans fin des petits rus, j'y ai bu la paix distillée par l'onde pure… Et puis j'ai repeint l'enseigne de la boutique de mes parents, peindre et décorer, ça change aussi les idées. Mon seul regret, c'est de n'avoir pu emmener Mado chez moi, les trains de permissionnaires sont interdits aux chiens civils, règlement, règlement, circulez… »

Depuis la ferme en ruine, le chemin s'enfonce dans une ravine à couvert, de part et d'autre subsistent quelques arbres et buissons épars au milieu de trous d'obus, d'éboulis et de murs abattus. Les corbeaux survolent le glacis à la recherche de quelques charognes, des oiseaux apparaissent furtivement ici et là, quelques petits piaillements discrets accompagnent leur vol à travers les herbes folles qui ont échappé à la fureur des combats. À l'approche de notre cantonnement je siffle Madelon, Mado, notre chienne, ou tout du moins celle qui un jour nous a choisis : elle est apparue un beau matin, venant de nulle part, s'est arrêtée au milieu de notre repaire et après avoir flairé de droite et de gauche, s'est dirigée directement vers notre cagna devant laquelle nous étions assis à prendre les quelques rayons de soleil qui perlaient en lisière d'horizon du côté des lignes boches. Elle est venue à mes pieds, s'est assise sur son arrière train, m'a fixé : c'est une bête magnifique sans collier, certainement de race berger belge, elle a l'air fière et sociable, puis elle a collé sa tête entre mes jambes, je me suis penché pour lui caresser les flancs, elle était douce, le pelage parfait et soyeux, j'ai senti immédiatement et instinctivement qu'un lien se créait entre nous comme par magie, entre elle et moi, comme deux regards qui se croisent où chacun comprend qu'il n'abandonnera jamais l'autre. Je me suis dirigé vers mon gourbi, elle s'est glissée rapidement derrière moi, s'installant directement sous mon pieu, seule sa tête dépassait… son regard était plein de supplications. Je l'ai fixée droit dans les yeux : « c'est bon, tu peux rester là ». Elle a compris, ses yeux brillaient, ses oreilles se sont redressées, bien droites, sa queue a fouetté le sol, elle semblait heureuse et rassurée. J'ai déniché une vieille casserole, je lui ai versé de l'eau fraîche qu'elle a lapée avec avidité et elle est allée se recoucher sous ma paillasse.

Après m'être assoupi quelque temps sur mon grabat, j'ouvre péniblement un œil et sens contre mon flanc la chienne allongée de tout son long, la tête reposant sur mon épaule, sa truffe humide me chatouillant l'oreille, ce qui a dû me faire émerger de mon petit roupillon. Au fil du temps elle a pris ses habitudes, moi aussi, j'ai besoin de sentir sa présence, elle me rassure, me protège. Depuis, elle vit avec nous, enfin, surtout avec moi et me réchauffe le corps et l'âme, mais on ne sait pourquoi elle disparaît de temps à autre, quelques heures, une journée, puis revient de nulle part et me rejoint directement dans ma *cagna* pour se blottir sur ma paillasse et s'enfoncer dans un sommeil profond et réparateur. A chacune de ses fugues, je ne peux retenir mon angoisse. Ce qui m'étonne toujours, c'est qu'au retour, elle ne réclame que très rarement sa gamelle.

Dans le dernier coude de la ravine, je siffle une nouvelle fois, toujours pas de signe de Mado, ni jappements, ni course folle, ni déboulé dans nos jambes. « T'inquiète, me dit le Zig, les chiens, c'est comme les femmes, si tu les laisses trop longtemps seules, elles finissent par aller faire un tour ailleurs. » Ça, c'est son avis… En ce qui me concerne, ne pas voir Mado m'inquiète toujours.

Nous descendons le petit sentier sinueux qui débouche sur notre repaire bien planqué dans un creux de terrain, endroit d'où l'on a extrait de la pierre, ce qui fait que nous sommes entourés de murs naturels. Celui du fond fait face à l'entrée et mesure bien six à huit mètres de haut, les deux de côté sont inclinés en pente douce vers l'extérieur, bonne planque… mais sûr, si un obus ou une *marmite** viennent se planter au beau milieu, il n'en reste pas grand-chose. D'un rapide coup d'œil, je fais le tour du campement, à mon grand soulagement, tous mes potes sont là.

Pierre Sauvage, dit le Gros est installé devant l'entrée de notre *cagna**, vautré dans une espèce de fauteuil qu'il a récupéré et réparé, vareuse ouverte, ses deux grosses pattes croisées sur sa panse rebondie, il roupille, bouche grande ouverte et ne semble pas dérangé par les insectes qui tournoient autour de son visage. Maçon de métier, c'est lui qui a eu l'idée de construire notre abri dans une excavation du mur, une espèce de grotte qui avait dû servir d'abri à des bergers, nous l'avons agrandie à coups de pioche et de barre à mine de façon à pouvoir disposer d'un espace où nous pouvons empiler notre fourniment et nos paillasses sur un caillebotis en bois. La caillasse extraite et des sacs de sable ont servi à protéger l'ouverture et nous mettent à l'abri d'éventuels éclats d'obus et de *marmites*.

Sur le muret de côté, à l'abri des buissons, Gilles Raison dit Gilou *le bleuet**, instituteur de son état, n'a pas échappé pour autant à la mobilisation, la guerre a besoin de chair fraîche ! Visage blême, le regard souvent absent, il semble dans un autre monde, pipe en bouche, calot de travers, il écrit dans un de ses calepins, ses calepins sont pour nous un mystère : que peut-il bien leur confier ? Son petit rictus au coin de la bouche lui donne toujours l'air de sourire, un air mystérieux, intellectuel.

Marcel Dubois, dit Papi l'ancien, rusé comme un renard, un instinct hors du commun, anticipant tous les mauvais coups, est assis sur les sacs de sable de protection de notre abri ; ancien de Verdun, mobilisé depuis décembre 14, il est passé à travers tous les coups durs, à côté de la mort comme si elle n'existait pas, blessé deux fois, six mois d'hosto, déclaré à nouveau bon pour le service, il a rejoint notre escouade depuis un an. C'est un peu notre porte-bonheur, s'il s'est sorti de tous les coups, même des plus foireux, par superstition nous pensons qu'il n'y a pas de raison que la chance l'abandonne et nous avec, chez lui, il y a quelque chose de minéral, d'indestructible, dont nous espérons tous inconsciemment bénéficier.

Autour d'une table, bien à l'abri sous une bâche tendue, les cuistots tapent le carton, la partie paraît enragée, agrémentée de grands coups de gueule et de bons coups de *gnôle**, le niveau de la boutanche au plus bas, de grandes chances qu'elle soit liquidée avant la fin de la partie, mais pour sûr il y a de la réserve :

- Salut la compagnie, quoi de neuf depuis notre évasion à l'arrière ?

Gilou quitte son calepin, me regarde :

- Salut, Napo, alors finis la belle vie, les jolies filles, la bonne bouffe et tout le tralala de l'arrière, joyeux retour chez lez dingues ! Pour du neuf, il y en a… Depuis votre départ, le secteur était tranquille, quelques coups de *flingot** de temps à autre, quelques fusées la nuit, et avant-hier soir, Papi nous dit : « ça sent la *marmite* ! » Tu le connais, il a du pif. Moins d'une heure après, les boches ont piqué une crise, quelques obus de réglage espacés, puis les premières lignes ont reçu un copieux arrosage, ça a duré une heure, puis, plus rien, pas d'assaut, rien… On s'attendait au pire. Mado, elle, avait compris en même temps que Papi, elle s'est planquée vite fait sous ton lit dans l'abri, puis la routine a repris ; sauf que ce matin, de l'escouade qui était partie porter la bouffe aux petits postes, seuls deux gars sont rentrés, du Cabot, Pichot et Le Goff, pas de signe, on a parlé aux gars, d'après eux, suite au tir d'artillerie entre les tranchées de première ligne et les petits postes, les boyaux d'accès ont été chamboulés, détruits ; ils se sont trouvés séparés, paumés… Eux sont rentrés : d'après leurs dires, il n'y a pas eu de coup de fusil, pas de bruit de bagarre, rien… Là, ils sont partis avec le juteux à la compagnie pour faire leur rapport, il se pourrait bien qu'on reprenne du service dès ce soir.

Le Gros qui semble roupiller mais qui a tout entendu, s'extrait de son siège, bâille, s'étire :

- Eh oui ! Salut Napo, tu croyais quand même pas que tu allais continuer à te la couler douce avec les planqués de l'arrière…

Je l'interromps :

- T'as pas vu Mado ?

- Ha ! ça mon vieux, je peux te dire que depuis hier après-midi, la Mado a déserté la cantine, faut dire qu'elle avait semé le bazar, bon, les cuistots l'avaient un peu excitée, ils s'amusaient à lui lancer la guenille que Papi lui a fabriquée, elle la lançait en l'air, se roulait avec, si bien que la loque a fini par atterrir dans la marmite à café, tu vois d'ici les hurlements et les gesticulations, le *caoua** c'est sacré, si bien que la chienne a pris la poudre d'escampette ventre à terre, depuis, pas vu la bête !

Je me dirige vers le repaire, dépose mon barda sur la paillasse, range mes provisions et mon tabac, le grabat est bien vide sans Mado vautrée dessus, son absence m'attriste. Pris d'une nostalgie subite, je verse une rasade de *gnôle* dans mon quart, j'en regarde le fond, à travers l'alcool, en transparence je vois les mois passés, les drames, les potes disparus. Je pense :

« Mais toi, mon vieux copain, tu es toujours là, rayé, cabossé, culoté de tous les breuvages bons ou mauvais que tu as accueillis, je t'ai connu tout neuf, brillant, aujourd'hui comme moi tu as triste mine, tu es gris, mais je sais que comme mon *Lebel**, tu ne m'abandonneras pas, si je suis tué, tu finiras enseveli, oublié avec moi, si nous nous en sortons, je te promets une place de choix dans le grand vaisselier ; quand mon regard se posera sur toi, nous serons les seuls à nous souvenir et à comprendre. Je bois, regarde à nouveau le fond, il n'y a plus rien. » Des éclats de voix me sortent de cette rêverie, pas de doute, le juteux est de retour, et comme à son habitude il ne peut s'empêcher de brailler, pas méchant le gars, mais il ne parle pas, il gueule : « Caporal, au rapport ! » Je me précipite vers son *gourbi** :

- Salut caporal, alors, bonne perme ?
- Oui plutôt douce, j'ai bien profité de la famille et du repos, du calme et de la nature, ça requinque.

Il est là, assis derrière une table bancale, masse trapue, visage rude, avec sa moustache disgracieuse de vieux gaulois, le regard noir, les sourcils ombrageux. Sur une étagère derrière lui, sont posées des douilles d'obus sculptés, de divers calibres.

Tant mieux, tu sais ce qui s'est passé cette nuit ? Donc, pas de repos pour les braves, tu mets ton escouade en ordre de marche et vous allez ravitailler les petits postes ce soir, je te préviens, tout est défoncé dans la partie nord du secteur entre nos lignes et celles des Sénégalais, c'est le chaos... avec les gars qui sont revenus, essaye de faire le point, vous connaissez parfaitement le secteur vous devriez vous en tirer, vous avez bien vos repères ?

- Un peu oui, mais Mado n'est pas là, elle aurait pu nous guider, vous l'avez aperçue ?
- Non, pas depuis qu'elle a semé la merde dans les casseroles. Tu peux disposer...

En sortant j'interpelle Vignot, un des rescapés de la nuit.

- Hé Vignot !
- Oui caporal ?
- Tu peux m'expliquer ce qui s'est passé cette nuit ?

- Ben… caporal, j'ai pas compris grand-chose, dans tout ce fouillis on a essayé de retrouver les petits postes, les gars de première ligne nous ont un peu rencardés, mais ils étaient trop occupés à réorganiser leurs postes de combat et les banquettes de tir, alors on a fait deux équipes, le *cabot,* Pichot et Le Goff sont partis vers la tranchée qui fait jonction avec les Sénégalais, je suis parti avec Masson vers les deux petits postes, là où il y avait la voie de soixante, on a fini par trouver, mais c'est un vrai foutoir, les pauvres types étaient heureux, ils n'avaient rien bouffé depuis vingt-quatre heures, sinon rien de plus, les autres on ne les a pas revus. Pour retrouver la roulante, ça n'a pas été facile, comme je te l'ai dit, tout est sens dessus-dessous, on s'est paumés plusieurs fois avant de finalement retrouver notre chemin. Un vrai coup de bol ! Mais quel soulagement d'être rentrés sains et saufs après cette épopée.

J'appelle mes gars, tous rappliquent dare-dare vers notre *cagna,* le regard inquiet et interrogateur :

- Le *juteux* nous recolle au service dès ce soir, mais je n'ai pas pu recueillir beaucoup d'informations, si ce n'est que c'est le chaos total pour atteindre les petits postes au-delà de la ligne du train de soixante, nous partirons dès que les cuistots auront rempli les *bouthéons* de soupe, les musettes de pain et les bidons de pinard, prenez des grenades et n'oubliez pas votre *Rosalie,* ça peut servir !

Assis sur ma paillasse, je me sens mal, est-ce la nostalgie du pays après la perme ? Le retour en ligne ? Autre chose ? Je ne sais pas, mais j'ai la frousse, un mauvais pressentiment me gagne, je me fais violence, je me débarrasse au mieux de ces états d'âme, il faut que je sois confiant, que les gars ne devinent pas mon état d'esprit, mon désarroi. Je ne peux pas perdre leur confiance, je dois rester leur caporal, leur pote, ils ont besoin de moi, j'ai besoin d'eux, nous sommes tous unis dans une petite meute homogène, c'est une des conditions de notre survie, il faut que je tienne le coup.

Le soleil rougit déjà sur l'horizon, les ombres s'allongent à l'infini, la nuit sera bientôt là. Depuis mon retour, l'air est pesant, étouffant, pas un souffle de vent, l'atmosphère est bizarre…

Ça arrive d'un coup, d'abord une brume légère au ras du sol, venant de l'ouest et rapidement tout l'espace est envahi, ça devient de plus en plus opaque, lourd, l'impression d'être plongé dans un bain de ouate épaisse ; un instant paniqué, je pense aux gaz, mais non, pas d'alerte, pas de signes qui les accompagnent. Assis devant notre *cagna,* nous sommes dans l'attente de notre départ, dans cette opacité, mes camarades disparaissaient progressivement, devenant des ombres aux contours incertains, presque des fantômes. Le gros interpelle Papi :

- Alors, toi qui renifles tout, là, t'as rien vu venir, va falloir être mariolles pour se trimballer dans cette foutue purée !

Va falloir que t'ouvres les narines pour nous guider là-dedans, hein, Papi ?

- T'inquiète pas, mon pif est toujours là.
- Pour ma part, je préférerais le flair de Mado.

Juste avant de partir, Papi me confie :

- Ecoute, Napo, j'ai une idée pour que ça ne se termine pas comme pour les autres, j'ai pas envie de me retrouver paumé dans cette purée et dans ce foutu dédale, alors voilà, on va faire comme à la montagne : une cordée, dix mètres de corde suffiront, le premier l'attache à son ceinturon, on la fait glisser derrière la bretelle de cartouchières des suivants, le dernier la fixe à son ceinturon, la corde sera maintenue à chaque extrémité et libre entre le premier et le dernier, qu'en penses-tu ?
- Que tu as toujours une bonne idée au bon moment, va pour la cordée de montagnards des tranchées.

Puis c'est le départ. En plus de ce fichu brouillard, la nuit est tombée, dans quelle galère partons-nous ? Chargés, chacun d'un *bouthéon* de soupe, de quatre miches de pain, de quatre litres de pinard et d'une gourde de café, nous prenons la direction du boyau d'accès principal aux lignes. Nous n'y voyons rien, à l'approche de ce qui avait été la première ligne, nous gravissons d'énormes boursoufflures, déchirures, enchevêtrements de barbelés, comme si la terre était victime de convulsions chaotiques. Les quelques postes qui ont été remis en état sont séparés par une suite ininterrompue de grands entonnoirs remplis de boue, nous avançons dans ce foutoir, encouragés par les gars qui continuent dans la nuit et le brouillard à remettre en état postes d'écoutes, banquettes de tir et abris. De temps à autre, je leur demande s'ils n'ont pas vu Mado. La réponse est toujours la même : « Non, pas vu ta mascotte, du moins pas depuis le dernier pilonnage. » A l'extrémité de la tranchée principale, nous devinons la bifurcation vers les lignes sénégalaises, nous trébuchons dans un enchevêtrement de barbelés, de traverses et de rails de l'ancienne voie de soixante ; c'est notre dernier point de repère, ensuite c'est à l'aveuglette que nous avançons au hasard dans le fond des boyaux, nous marchons depuis des heures, allant dans un sens, puis dans un autre, pensant avoir repéré un endroit, quelque chose de familier, mais non, rien. Alors nous rebroussons chemin, le fond du boyau étroit, tortueux, rend notre marche de plus en plus pénible, des rondins de bois, des étuis d'obus, des bandes vides de mitrailleuses jonchent le sol, nos pas sont incertains, nous trébuchons sans cesse, nos godillots clapotant lourdement dans la terre boueuse, nous avons le dos meurtri, le *bouthéon** devenant un joug plus pesant que le joug d'un bœuf tirant la charrue. Lourds, muets, somnolents, nous ne songeons plus à rien, sauf à notre mission devenue une corvée : trouver les petits postes…

Nous nous arrêtons, le temps de reprendre notre souffle dans cette opacité angoissante. Papi bat son briquet, la lueur de sa flamme est à peine visible, il explore les parois à la recherche de quelques repères. Gilou juste à mes côtés murmure :

- On est vraiment paumés, on est dans la merde, mais où est donc fourrée ta foutue chienne ? Tu crois qu'on va s'en sortir, hein, Napo ?
- Je n'en sais rien, mais sûr que Mado nous aurait guidés à travers ce chambardement.

Exténué, je m'adosse à la muraille de terre humide, ferme les yeux et laisse les ténèbres m'envahir, grandir puis se transformer. Je ne bouge plus, je suis tétanisé, la peur m'agace la peau, me vrille les tripes, ravive mes anciennes blessures, j'ai mal. Ma tristesse se change en quelque chose de pire et me rejette dans un souvenir, une vision d'hier. Je suis à l'hosto, les paroles du toubib me reviennent : « Vous ne tarderez pas à guérir, caporal, je vous l'assure, Dieu veille. » Dieu, me veiller, moi ? Quelle connerie ! Allons donc, ce Dieu de bonté n'existe pas, il abandonne les hommes sur les champs de bataille et semble se repaître de toutes ces horreurs, mon Dieu à moi sera celui qui unira tous les hommes ! Un jour peut- être, qui sait... Mais je ne rêve pas. La seule chose, dont je suis convaincu, c'est que le hasard n'existe pas, notre destin nous domine, il n'y a pas de coïncidences, tout est écrit d'avance, on croit influencer le destin, mais c'est finalement lui qui a le dessus et nous n'y pouvons rien.

Je reprends mes esprits, j'écoute. Dans le fond de la tranchée semblent flotter les échos d'une musique métallique, mais ce n'est que la fuite de rats et de toute la vermine nocturne à travers le fatras qui jonche le fond du boyau. Nous repartons, toujours à l'aveuglette. Nous faisons une nouvelle pause dans un abri déserté, Papi allume sa lanterne, je vois Gilou écrire dans son carnet.

- Dis-moi, Gilou, non pas que je sois très curieux, mais que gribouilles-tu avec ton crayon, sur ton calepin ?
- Tout simplement, j'écris pour me soulager de ce vomi, pour continuer de survivre et d'exister dans cet enfer, tu sais, je sens en moi une lente désagrégation, jour après jour j'ai l'impression de me défaire, de partir en morceaux. Dans le fond de ce trou, nous n'avons pas de radeau auquel nous raccrocher, nous supportons juste d'être les témoins de toutes ces horreurs parce que nous en sommes aussi les victimes, on pourrait prendre cela pour de l'insouciance mais c'est la résignation face à la mort que l'on voit venir caporal. Tu comprendras qu'écrire est mon oxygène, ma survie, tout ce que l'on subit là, toute cette merde, j'en fais de la poésie. Tu sais, mes armes à moi, ce sont du papier et un crayon, ça me garde en vie, ça tient dans une poche, dans un sac, on peut marcher sans encombre avec ce matériel d'écrivain et de poète ; c'est l'homme en chemin qui écrit, l'homme est un crayon, les traces de ses pas laissent des centaines de pages d'écriture.
- C'est donc ça ton sourire énigmatique, je comprends mieux… Dis, peux-tu me lire un petit passage de ce que tu as écrit ?

À la lueur blafarde de la lampe, il feuillette quelques pages, puis levant son visage vers moi il me dit :

- Donne-moi deux mots et je vais t'improviser quelque chose.
- Laisse-moi réfléchir, disons : « cœur et épines ».

Sur la page, il tire un petit trait par le travers, puis lève la tête, scrutant l'immensité opaque de la nuit, son regard revient sur le carnet dans lequel il se remet à écrire. Je suis la ligne de sa main, de ses doigts et du crayon pour lire ce qu'il inscrit sans interruption. Les mots que son esprit lui chuchote s'étalent sur la page que la lueur tremblante de la lampe semble faire frissonner.

Ton amour comme la fleur
N'a gardé que l'empreinte d'un souvenir
Qui longtemps a ravagé mon cœur
Le transperçant d'une tige d'épines
Au sommet de laquelle fleurissait une rose.

Il relève la tête :

- Voilà caporal, comment t'expliquer ? Pour moi, les mots doivent être l'expression de ta conscience, les reflets de ta pensée, le ruisseau de tes sentiments, tu dois les imaginer, ils sont séparés, épars dans ton esprit, puis ils se rapprochent, s'entremêlent et pour finir, ils forment une colonne disciplinée, ordonnée qui donne un poème, une chanson, un roman, c'est ça la magie des mots et de l'écriture.

Après un court silence, il reprend :

- Si tu le souhaites, tu peux lire la première page de mon carnet, c'est en quelque sorte l'introduction de notre aventure, de notre vie dans ce pourrissoir et peut-être de notre fin.

Je lis :

C'est un trou de verdure où chante une rivière
Accrochant follement aux herbes des haillons
D'argent, où le soleil de la montagne fière,
Luit : c'est un petit val qui mousse de rayons
Un soldat jeune, bouche ouverte, tête nue,
Et la nuque baignant dans le frais cresson bleu,
Dort ; il est étendu dans l'herbe, sous la nue,
Pâle dans son lit vert où la lumière pleut.
Les pieds dans les glaïeuls, il dort. Souriant comme
Sourirait un enfant malade, il fait un somme :
Nature, berce-le chaudement, il a froid.
Les parfums ne font pas frissonner sa narine ;
Il dort dans le soleil, la main sur sa poitrine
Tranquille. Il a deux trous rouges au côté droit.

Le dormeur du val. (Arthur Rimbaud)

Je ne peux que dire : « C'est beau et c'est triste, mais l'homme repose mort au milieu, c'est en effet notre destin ».

La page est illustrée de dessins en couleurs qui représentent des bleuets et des coquelicots. Nous sommes assis tous les cinq au fond de l'abri, résignés, paumés, chacun à ce moment doit penser la même chose, jusqu'à aujourd'hui, nous avons toujours eu de la chance, quelquefois, nous avons conjuré le sort, mais il y a une fin à tout. Mon inquiétude grandit de plus en plus, « une patrouille boche ou leurs nettoyeurs de tranchée vont nous tomber dessus, on va devoir se battre à coups de fusils et ça se terminera à coup sûr au corps à corps, à la *Rosalie* ». Je me relève difficilement, le corps lourd, les jambes paralysées, ankylosées, l'esprit sombre, encombré :

« Allez les gars, on y va ! »

Nous nous remettons en marche, toujours à l'aveuglette, nous ne distinguons presque rien, si ce ne sont les flancs de la tranchée suintant son sang, une eau boueuse et nauséabonde. Nous n'osons pas nous éclairer, le brouillard est toujours aussi opaque, soudain devant moi se dresse un mur de terre, le boyau est complètement obstrué sur toute sa hauteur. Malgré le danger, Papi bat son briquet tout en protégeant la flamme de sa main, le peu de lumière nous révèle un obstacle infranchissable. Il escalade le mur, du haut il nous dit dans un chuchotement : « c'est retourné et comblé, j'en vois pas le bout, les boches ont disposé tout un enchevêtrement de barbelés et de chevaux de frises, c'est infranchissable, il faut faire demi-tour ».

Exténués, nous nous adossons au flanc du boyau pour prendre quelques instants de répit, j'ai la respiration rapide, mon cœur bat fort. Le Gros fait circuler sa gourde de gnôle, chacun s'enfile une bonne rasade, ça fouette le corps et l'esprit, c'est la drogue légale du poilu.

Nous repartons dans le dédale des tripes de la tranchée, la boue colle à nos godillots et les retient dans des bruits de succions gloutons qui semblent vouloir nous tirer vers le fond du boyau pour nous absorber tout entier là où est notre place, sous la Terre Mère…

J'essaie de retrouver mon calme, concentre mon esprit vers mon village, ses forêts, sa rivière joyeuse, les étendues de prairies fleuries, les palpitations de mon cœur sont plus douces, une impression de sérénité chaude m'envahit tout le corps, je me sens mieux.

« Ecoute », me dit Papi, j'entends parler…

Je tends l'oreille, rien… sinon les bruits habituels de la tranchée et le roulement lointain du canon. Mais, imperceptiblement me parvient le son d'une conversation, je ne peux me retenir : « Mais c'est du boche, nom de dieu ! » Un jappement pas très éloigné, Mado !

- Der hund, der hund, komm, komm !
- Ah ! La garce ! elle va bouffer chez les boches…, ne peut se retenir le Gros.

Pendant un temps qui me semble une éternité, nous nous tassons les uns contre les autres, immobiles, transpirant de peur, certains que nous allons nous retrouver nez à nez avec les Teutons et y passer. Rien, le bruit de la discussion s'est dilué. Soudain un souffle, un petit gémissement, un museau humide vient se frotter dans mon cou, un frisson délicieux me parcourt le corps : « Mado !!! »

De la truffe, elle me soulève le menton puis saisit le bas de ma capote, on se comprend ; une petite tape sur le bras du Bleuet, sans un mot, à la queue leu leu, nous suivons Mado, sûr, elle nous ramène à la roulante…

Du champ des morts, nous retournons au champ de la vie. « Brave chienne ! »

Nous suivons Mado sans nous poser de questions, toujours encordés en essayant de faire le moins de bruit possible dans le dédale des boyaux encombrés d'objets disparates qui jonchent le fond de la tranchée. Mado s'arrête, étouffe un jappement.

- Halte-là, qui vive ?
- C'est nous Ducon, la corvée de soupe, on était paumés, on rentre.
- Halte ou je tire, mot de passe ?
- Gueule plus fort lui répond le Zig et les boches vont tous nous allumer.
- À toi le premier pour le mot de passe.
- Rémus !
- Sac à puces.
- Il n'a pas dû bien comprendre, c'était Romulus.
- C'est bon, avancez.

À la hauteur du guetteur, le Zig lui assène un bon coup de poing en pleine tronche en lui disant :

- T'as déjà vu un boche avec l'accent parigot ?

Et sans un mot nous rejoignons notre gourbi où, morts de fatigue, sales, encroûtés de boue, nous nous écroulons sur nos paillasses.

- On pue pire que des gorets, j'échange mon Lebel contre une baignoire, remarque Papi.
- Bonne idée, au moins tu mourras propre ! répond le Zig.

Nous finissons par siffler une bonne rasade de rhum, ce qui nous plonge rapidement dans un profond sommeil.

En cette fin de journée, nous sommes occupés à remplir nos bouthéons de soupe pour aller ravitailler nos gars des premières lignes et des petits postes. Un grand calme règne sur le front, on peut juste percevoir dans le lointain le roulement d'une canonnade, le bruit nous parvient sourd, étouffé, le soleil disparaît à l'horizon dans un rougeoiement flamboyant à travers quelques petits nuages qui semblent danser sur l'horizon. En ce début mars, l'air fraîchit rapidement.

Soudain des cris, des rires retentissent du côté de l'entrée des boyaux d'accès en première ligne, un attroupement s'est formé et exécute une espèce de danse folklorique, curieux, nous nous approchons et surprise, au milieu de la sarabande, Mado gesticule comme une possédée, un chapelet d'une douzaine de saucisses dans la gueule ! Papi se met à hurler :

- Empêchez-là de bouffer cette saloperie, c'est de la saucisse boche, elle va crever !

J'écarte vivement l'attroupement pour me saisir de Mado et des saucisses, mais elle ne veut rien lâcher, les rires et les quolibets fusent…

- Ce soir, choucroute pour tout le monde, un chapelet de saucisses, c'est mieux qu'un chapelet de curé, ça se fume ou ça se mange !
- Fourre t'en une dans chaque oreille et t'entendras plus le canon !

Je n'écoute plus tous ces sarcasmes et finis enfin par lui faire lâcher prise, ce sont bien des saucisses boches, elles sont cuites, mais dans un triste état. Seule Mado semble garder quelque intérêt à la chose. Elle me regarde, tête penchée sur le côté semblant me dire « Je les ai piquées aux boches, elles sont à moi ! »

Mais comment peut-elle faire pour rentrer et sortir des lignes ennemies sans se faire pincer et de plus en commettant des méfaits ? Un cuistot me tend une gamelle pour récupérer le butin que j'emporte, suivi de Mado, vers ma cagna. Je lui en laisse quelques-unes et planque le reste dans le garde-manger.

Après la distribution de la soupe, nous restons tous à l'intérieur du gourbi, les lampes à pétrole diffusent une lumière blafarde et scintillante, c'est la fin de soirée, nous sommes réunis autour de la table pour taper le carton, seul Gilou est assis sur son lit, deux bougies allumées au-dessus de lui sur un bougeoir encadré dans une espèce de tabernacle surmonté d'une croix qui ressemble étrangement à un nichoir pour oiseau, d'où je m'attends toujours à voir surgir une chouette ou un hibou, œuvre originale de Papi qui a décidé que c'est la flamme de l'espoir et que peut-être un Dieu veille sur nous ?

Gilou, agnostique n'a pas moufeté lors de l'installation de cette espèce d'ex-voto, il a simplement rétorqué : « espérons que tu aies raison… ».

- Eh, Napo, tu rêves ? Le Zig me fait sortir de mon absence.
- Alors, joue !

Je m'exécute :

- Belote, rebelote, dix de der, à vous la tournée !
- T'es quand même bizarre, Napo, t'es pas là, mais t'es là quand même et tu nous colles une raclée !

Le Gros qui est l'acolyte de partie du Zig, quitte la table, son tabouret grince sur le sol rugueux, il se dirige vers sa cantine et en sort une bouteille de pinard cachetée, de sa réserve personnelle. A peine, ai-je trempé les lèvres dans le nectar que la porte s'ouvre violemment, venant claquer sèchement contre le mur, quelques morceaux crayeux s'en détachent…

- Alors, là-dedans, on tire au flanc ?

C'est le sergent Colona, un corse con et buté, adjoint au chef de la deuxième section.

- Qu'est-ce que tu viens nous emmerder à c't'heure ? Lui balance le Gros.
- Sois poli, gros sac, où j'te colle un motif !
- Colle-moi ce que tu veux, fous-moi au trou, ça m'fera des vacances de ne plus voir ta gueule de con !

Là, ça commence à déraper sérieusement, j'interviens, avant que réellement le Gros ait des problèmes et se retrouve puni au petit poste.

- Qu'est-ce que tu nous veux, que se passe-t-il ?
- Il se passe que vous vous équipez dare-dare pour une patrouille !
- Mais on vient juste de terminer notre corvée de soupe.
- C'est pas mon problème, c'est un ordre du commandant de compagnie, et vous êtes les seuls à ne pas faire grand-chose, je vous attends dans dix minutes à l'entrée du boyau n°4 (ou comme l'a baptisé le Zig, celui des trépassés).

Bon, on n'est pas sortis de l'auberge avec ce clown comme chef de patrouille.

À l'entrée du dédale de boyaux, une brume légère et translucide recouvre le secteur, on peut apercevoir dans un halo la lune presque pleine. Seules, les étoiles les plus proches scintillent à travers un léger voile de tulle, la nuit est belle, calme, tout demande à rester figé dans l'instant.

- Pourquoi une patrouille en pleine nuit ? Il ne se passe rien, les boches nous laissent tranquilles depuis plus d'une semaine et nous non plus, on ne leur cherche pas d'histoires.
- C'est justement parce que c'est trop calme que ce n'est pas normal et le commandant de compagnie m'a demandé de monter une patrouille.

- Pourquoi nous ? Il y a des sections qui n'ont pas bougé depuis huit jours, si ce n'est d'avoir remué un peu de terre dans la tranchée.
- Justement, mises à part vos corvées de bouffe, vous glandez toute la journée à vous amuser avec votre clébard et à jouer aux cartes.

Mado se met à japper en lui montrant les dents, le corps comme ceux des chiens d'arrêt, fixe et tendu.

- Saloperie de chien, un jour…
- Un jour, quoi ? Si un jour tu la touches, t'es mort !
- C'est une menace ?
- Non, un avertissement.

Là-dessus il s'éloigne pour aller s'équiper, chacun de nous fait de même sans un mot. Ce mutisme seulement ponctué de soupirs de lassitude et de résignation, dans un bruit de cliquetis de nos équipements. À l'entrée du boyau, Colona est déjà là, en plus de son équipement réglementaire, il a en bandoulière une musette pleine de grenades, cet abruti a-t-il une idée saugrenue derrière la tête ?

- Caporal, passe devant avec ton clebs !
- Mais, c'est toi le chef de patrouille, à toi l'honneur !
- Passe devant, c'est un ordre !

Je m'exécute, Mado dans les jambes.

- Où est-ce qu'on va ?
- Jusqu'aux anciennes mines de de la cote 108 en passant par la vieille ferme.

Le courant d'air qui sort du boyau est imprégné d'une odeur putride de décomposition. Un frisson nerveux me parcourt tout le corps. Mado en tête, moi derrière, toute l'escouade dans l'ordre habituel et le sergent en serre-fil.

Nous atteignons la vieille ferme sans encombre, Mado très calme ne perçoit sans doute aucun danger, elle gambade devant, la truffe au ras du sol, de temps en temps elle s'arrête, s'assoit, dresse les oreilles et repart. Le sergent ordonne une petite pause. Nous quittons le boyau pour pénétrer en rampant dans un petit bâtiment attenant au corps de ferme épargné des obus on ne sait par quel miracle.

À l'intérieur, on découvre une excavation creusée à même la paroi crayeuse, mon regard devine un petit autel sculpté dans une des parois, l'érosion et l'humidité ont déjà accompli leur œuvre, la Vierge a lâché son fils qui gît sur le sol, la bouche entrouverte, un bras tendu vers les cieux, comme s'il venait de laisser échapper une colombe… Je reste pétrifié devant ce spectacle qui s'offre à nos yeux, apparemment personne n'a osé profaner cette scène révélatrice.

- On pourrait croire à un oracle des Dieux, fait remarquer Gilou.
- C'est quoi ce truc d'oracle ? Demande le Zig.
- C'est un peu comme une prédiction, ce qui va se passer, quoi…
- Dis-moi, ton oracle, il aurait une idée sur la fin de la guerre, si on va sortir vivants de ce merdier ?
- Apparemment, c'est la question que semble poser cette main tendue.

- Mais, y a pas de réponse, hein ?
- Non…
- Bon, allez, en route, ordonne le sergent.

Nous reprenons notre progression à travers ce labyrinthe chaotique, la lune se voile de plus en plus, son halo s'élargit et devient opaque.

- Ça sent la neige, dit Papi.
- Y a pas de nuages…
- Non, mais la lune s'éteint.

Nous arrivons à l'embranchement qui conduit au premier petit poste, Mado s'introduit dans l'étroit goulet et file en avant.

- T'aurais pas pu la retenir ? lâche sèchement Colona.

Je comprends à cet instant que son but est de surprendre les sentinelles des petits postes. Mado, elle, l'a compris bien avant moi.

Nous nous enfilons à la queue leu-leu dans le goulet. En arrivant au petit poste, le sergent balance le mot de passe, la réponse fuse nette, Mado est assise à côté de la sentinelle, elle semble narguer Colona qui murmure : « Saloperie de clebs ! »

Puis tout s'embrouille, la tranchée, les copains, le sergent, des éclats semblent me percer les yeux que j'entrouvre péniblement, le soleil est maintenant au-dessus des cimes des arbres, ce qui provoque un jeu d'ombres et de lumières en mouvement. Je relève légèrement la tête, Mado et Gaffi n'ont apparemment pas bougé, plongés dans un profond sommeil, à quoi rêvent-ils, eux ? Une poursuite de souris ? Une course derrière un lapin ? J'ai envie de poursuivre mon rêve homérique, je referme les yeux, mais j'ai du mal à me concentrer à retrouver le fil de mon rêve et soudain je me sens de nouveau l'esprit engourdi. Comme dans un film en accéléré, défilent à grande vitesse en grandes traînées effilochées des nuages blancs. Mado se matérialise, puis je rentre à nouveau dans le corps et dans l'esprit de Grand père, l'odeur de la craie humide me ramène à la tête de l'escouade, nous nous enfonçons dans le lacis de tranchées.

C'est le silence, Mado est plus concentrée dans sa traque, le second petit poste n'est plus très loin, quelques nappes de lune glissent encore entre les troncs calcinés, la nuit à nouveau nous saisit, nous avale, nous digère, cela se traduit par une espèce de vigilance anxieuse, tous les sens en éveil.

On s'arrête, on écoute, on épie, puis on reprend notre marche furtive, les godillots au ras du sol, juste à hauteur pour éviter à cause des obstacles, de déclencher un raffut, les capotes frôlent les flancs de la tranchée, les rats déambulent en bandes compactes en couinant à la recherche de quelque charogne, un bidon cogne légèrement une pierre, on entend la courte respiration nerveuse de chacun.

La lune a complètement disparu, tout est noir, le sergent allume sa lanterne Montjardet dont il a obstrué deux côtés, elle dispense un fanal tremblotant, le sergent nous dépasse tous pour prendre la tête de l'escouade. Nous sommes à l'entrée du goulet qui mène au petit poste, il s'arrête :

- Bon, on ne va pas tous y aller, on serait trop nombreux à circuler là-dedans, au risque de se faire repérer par les boches.
- Toi caporal, tu restes là avec ton clebs, tu la tiens bien attachée, tu gardes avec toi trois de tes hommes.
- L'attacher avec quoi ? Elle est libre Mado !
- Démerde-toi, je ne veux pas qu'elle nous suive ou plutôt qu'elle nous précède pour avertir l'autre qui doit roupiller à moitié à son poste.
- Je ne suis pas d'accord, une patrouille doit rester au complet.
- C'est un ordre !
- Va te faire voir…
- Tu refuses d'obéir, mais ça ressemble à une mutinerie, demain t'es bon pour un rapport ! Je vais juste prendre un gars avec moi, tiens, au hasard, le Parigot ! Laisse ton flingue, prends juste ta baïonnette.

Je glisse discrètement mon revolver dans la poche de capote du Zig qui ne moufte pas, je cramponne Mado qui grogne et s'énerve, tenue en laisse par une corde de fortune, puis les deux disparaissent dans le goulet…

Quelques flocons commencent à s'émietter dans la nuit, d'abord légers, virevoltants puis plus compacts, plus gros, ça tourne rapidement à la bourrasque, nous nous ramassons tous les quatre en un bloc bien serré contre la paroi, bientôt, nos capotes, nos casques prennent une blancheur immaculée, le froid commence à nous saisir, depuis combien de temps sommes-nous là pelotonnés ? Je tire ma montre du fond de la poche intérieure de ma vareuse, allume ma lampe : onze heures dix du soir, Gilou s'impatiente.

- Il ne faut pas huit jours pour faire l'aller-retour au petit poste, il y a à peine cent cinquante mètres.
- Ouais, mais il y a des bifurcations, répond Papi, avec la neige, ils se sont peut-être égarés…
- Ça va pas recommencer de s'égarer, le Zig connaît bien le coin, merde ! Rétorque le Gros.

La chute de neige a redoublé d'intensité, un tapis blanc recouvre maintenant le fond du boyau, soudain Mado dresse les oreilles et jappe doucement, des bruits de pas étouffés nous parviennent, le Zig déboule du goulet, blanc comme un bonhomme de neige.

- Qu'est-ce que vous avez fabriqué ? Ça fait une éternité que vous êtes partis…
- J'ai paumé le sergent, je l'ai un peu cherché, mais rien ! J'allais pas y passer la nuit, il s'est peut-être égaré dans une parallèle, va savoir…
- Bon, on attend encore un peu, je vais peut-être envoyer Mado ?
- Non, elle n'a pas à rechercher un con qui ne souhaite que sa disparition, à elle.
- Mais !
- Discute- pas Napo !

C'est la première fois que j'entends le Zig me contester.

Il s'écoule un bon quart d'heure, le froid nous gagne de plus en plus.

- Allez, on regagne nos pénates, dans le fond tu as raison, l'autre n'a qu'à se démerder tout seul, nous ne sommes pas une escouade de recherche.

Au retour nous passons signaler au planton du juteux la disparition de Colona.

Nous nous secouons pour nous débarrasser de la neige qui nous recouvre, Mado s'ébroue à plusieurs reprises, nous pénétrons dans notre cagna où nous trouvons un peu de chaleur. Assis autour de la table nous nous réchauffons copieusement l'intérieur à l'aide de la réserve de Papi, les couleurs nous reviennent aux joues. Au bout de la table, le Zig a le regard fixe, perdu dans des pensées impénétrables, son visage est blême seulement animé par moments de quelques rictus compulsifs, il est mutique, nous ne lui posons pas de questions. Fourbus, fatigués, encore frigorifiés, nous nous effondrons sur nos paillasses, rassemblant sur nous tout ce qui peut nous réchauffer, capotes, couvertures, toiles goudronnées, comme vaincu, je m'enfonce dans un sommeil profond.

Au matin, lorsque j'ouvre les yeux, je n'ai plus froid, je me déleste des épaisseurs me recouvrant. Le Zig est déjà debout à faire les cent pas, Papi est assis au bord de son grabat, les autres sont encore enfouis dans leur sommeil. Il se lève :

« Je vais au jus ! »

À son retour, nous sommes tous installés autour de la table. Il dépose le jus et un gros pain rond, chacun se verse une bonne rasade de café à ras-bord de son quart, nous partageons la moitié de la miche, le Gros va puiser dans les réserves une conserve de pâté et un pot de confiture. Nous cassons la croûte dans un silence lourd, presque angoissant.

Gilou relève la tête, de ses yeux noirs perçants et fixe le Zig :

- Alors, que s'est-il passé cette nuit avec le sergent ?
- Rien, je vous l'ai déjà dit, il s'est perdu là-dedans, à un moment il m'a dit d'attendre, qu'il avait envie de surprendre la sentinelle, j'ai patienté un bon bout de temps et je vous ai rejoint, c'est tout…

Le silence retombe, on cogne à la porte :

- Eh ! Là-dedans, y-a quelqu'un ?
- Entre, camarade !

C'est le planton du commandant, il a l'air complètement frigorifié, Papi lui sert un petit verre de gnôle :

- Tiens, ça te réchauffera un peu l'intérieur.
- Je n'ai pas trop le temps, le commandant veut voir le caporal et Perrin, il est à son abri avec deux gendarmes qui n'ont pas l'air rigolo.

Il écluse son petit coup de remontant.

- Bon, allez le Zig, on y va, de toute façon, il fallait s'y attendre, courage, nous allons bien nous sortir de cette histoire, surtout ne t'emballe pas dans tes réponses aux pandores, ce sont des rusés, ils savent te tirer les vers du nez à la perfection, donc : faire gaffe à nos réponses !

À l'extérieur, je suis surpris, pendant la nuit, la vie s'est figée, un froid vif est descendu du ciel, le vent d'est souffle avec vigueur, il a transformé en cristal le décor du champ de bataille, la glace et le givre se sont incrustés sur les squelettes des arbres déracinés, sur chaque morceau de ruine, de tout ce qui dépasse du tapis de neige ; dans le ciel des vols de corneilles patrouillent en croaillant au-dessus du champ de ruines. Sur la ligne d'horizon, un pâle soleil apparaît entouré d'un halo moiré. Nous nous dirigeons dans un silence pesant vers le PC, la neige gelée crisse sous nos pas, nous exhalons une vapeur épaisse qui semble se cristalliser dans l'espace.

Devant la baraque encore debout qui sert de PC, une sentinelle monte la garde, le type transi tape ses godillots l'un contre l'autre pour essayer de se réchauffer un peu les pieds.

« Mado, tu restes dehors ! ».

Elle couine, la sentinelle fouille dans sa poche, en sort un petit morceau de chocolat et lui tend, elle s'assied à ses pieds en se léchant les babines. Le planton frappe à la porte, un « Entrez ! » sec résonne à nos oreilles.

Nous nous introduisons rapidement à l'intérieur d'une pièce assez grande où règne une petite chaleur entretenue par un poêle à bois sur lequel est posée une cafetière qui parfume l'air d'une bonne odeur. Des cartes du secteur sont accrochées au mur, des pastilles de différentes couleurs y sont pointées. Le commandant est assis derrière une grande table à trois tiroirs qui lui sert de bureau où sont empilés quelques dossiers, au centre, une affichette « Commandant De Rochebrune ».

Au garde à vous, nous le saluons, il se lève, très grand, la carcasse voûtée sous le poids de l'âge, il n'est pas rasé de frais, des poils gris hérissés apparaissent sur ses joues pâles. La lueur de la lampe et les premiers rayons de soleil filtrant à travers l'œil de bœuf animent sur son visage des sillons et des rides. Je sais qu'en tant que capitaine de réserve, il a rapidement été mobilisé, c'est un type calme et lucide. À l'offensive, il est toujours le premier à sortir de la tranchée, sifflet en bouche, révolver au poing. Il n'y en a pas beaucoup de son espèce…Un jour Gilou nous a dit de lui : « Ce type est un véritable aristo, de ceux qu'on appelle nobles d'épées (depuis St Louis), ceux-là je les respecte, et c'est un républicain qui vous parle ; ils sont de toutes les guerres que mène à tort ou à raison notre pays et à chaque fois, ils payent le prix fort, les autres, les nobles de robe ne sont pas respectables, leur seul terrain de bataille, c'était la cour du roi, loin de tout tumulte, ceux-là on peut les mettre dans le même sac que les grands bourgeois. »

Derrière lui, presque collés au mur, les deux gendarmes impeccables dans leurs uniformes, on pourrait croire qu'ils sont jumeaux, même taille, même visage rond et inexpressif badigeonné d'une grosse moustache. Ils me font penser à des phoques. Le commandant prend la parole :

- Bien, caporal, vous savez bien sûr que le sergent Colona n'est pas rentré à l'issue de la patrouille de nuit, par conséquent, ce matin nous pouvons le considérer comme manquant à l'appel, voire disparu, pouvez-vous m'expliquer dans quelles circonstances ça s'est passé ? Le planton m'a déjà fait un résumé succinct après votre passage cette nuit au PC. Je vous écoute.

- C'est simple, mon commandant, à notre arrivée au boyau qui mène au deuxième petit poste, le sergent a pris la décision de partir uniquement accompagné du deuxième classe Perrin. Pendant un bon bout de temps, nous avons attendu leur retour, Perrin est revenu seul, nous avons encore patienté puis j'ai ordonné le retour.

Un gendarme intervient :

- Pourquoi n'êtes-vous pas partis à sa recherche dès le retour du soldat Perrin ?
- J'ai suivi les ordres de l'adjudant, qui sont stricts : lors d'une patrouille de nuit, nous ne devons en aucun cas nous séparer. En partant accompagné d'un seul soldat, le sergent n'a pas respecté les consignes.

L'autre gendarme prend la parole :

- Mais vous deviez obéir aux ordres.
- C'est ce que j'ai fait en restant avec mes hommes, j'ai contesté la décision du sergent, il m'a menacé d'un rapport. Je n'ai fait que respecter les ordres.

Il rentre ses deux pouces dans son ceinturon, je le fixe dans les yeux, son regard est fourbe, inquisiteur, je me méfie.

- Autre chose, il paraît que vous êtes en permanence accompagnés d'un chien, qui selon mes renseignements ne figure pas à l'effectif de la compagnie, vous allez devoir vous en séparer rapidement.
- Mais elle est avec nous depuis des mois et nous a sortis de situations plus que délicates.

Où est-il allé chercher ce renseignement ? À ce moment, me prend une envie folle de dégainer mon révolver et de le crucifier sur place cet imbécile, d'une balle entre les deux yeux. Le commandant s'interpose :

- C'est moi qui leur ai donné l'autorisation d'incorporer l'animal, avec avis favorable de leur chef de section, quand bien même cette chienne ne serait pas répertoriée à la compagnie, elle nous est d'une grande utilité pour conduire l'escouade de ravitaillement à travers les dédales du secteur.

Là, j'en reste comme deux ronds de flan. Le commandant vient de mentir et de déroger au règlement, il n'était jamais intervenu sur le cas de Mado, il savait, c'est tout, il fermait les yeux. Mon cœur bat à tout rompre, je sens les larmes me monter aux yeux, enfin un peu d'humanité dans ce monde de fou. Je croise le regard du Zig, ses yeux pétillent. Mais ce sera de courte durée… Le gendarme le fixe de son regard froid dénué de toute compassion :

- Expliquez-moi comment et à quel moment vous vous êtes aperçus de la disparition de votre sergent ?
- C'est simple, comme vous l'a expliqué Napo, euh ! le caporal, dans le second goulet, j'étais seul avec lui, arrivés à une centaine de mètres du petit poste, il m'a ordonné de l'attendre, qu'il voulait surprendre la sentinelle. Au bout d'un certain temps, j'en ai eu ras-le-bol, il neigeait, on ne distinguait plus rien, alors je suis revenu sur mes pas, j'ai retrouvé le reste de l'escouade, j'ai expliqué la situation au caporal et nous sommes rentrés.
- Pourquoi n'êtes-vous pas allé au petit Poste ?

- J'ai respecté la consigne : jamais seul en patrouille et de plus, je n'avais pas de flingue, juste ma baïonnette, ordre du sergent.
- Sortez la baïonnette de son fourreau et donnez-la !

Je vois un éclair de terreur enflammer le visage du Zig, sa main tremblante saisir le manche de sa Rosalie et la tirer du fourreau. J'ai une appréhension terrible. Il la tend au pandore qui s'en empare et l'inspecte dans tous les sens… elle est intacte, bien graissée au suif. Le gendarme lui rend l'arme que Le Zig replace nerveusement dans sa gaine.

- Vous pouvez disposer, mais l'enquête se poursuit, nous allons approfondir et tirer cette affaire au clair.

Le commandant nous adresse un petit signe de la tête nous désignant la porte, nous saluons et en prenons la direction.

Au sortir, un éclat de soleil nous accueille et nous aveugle, le Zig me prend par l'épaule :

- Merci Napo.
- Y a pas de merci là-dedans, c'est comme chez les Mousquetaires : « Un pour tous, tous pour un. »
- Sauf que nous sommes cinq et pas dans un roman de Dumas.
- Tu connais ?
- Oui, un parigot comme moi.

Le Zig reprend des couleurs, un sourire crispé anime son visage qui reste marqué par des rides d'inquiétude.

- Au fait, pour la baïonnette, tu pourras dire merci à Papi, je l'ai vu cette nuit dans la pénombre l'astiquer, la passer à la graisse de suif et la remettre en place.

Des rayons de soleil ont pris la tranchée en enfilade, ils ont réchauffé la neige immaculée, elle ternit, des cratères boueux apparaissent à sa surface, nos godillots s'enfoncent dans le cloaque, produisant des bruits de succion à chaque pas.

Parvenus à la cagna, nous retrouvons nos trois compagnons, ils attendaient notre retour, emmitouflés dans leur capote, assis autour de la table, leur quart rempli plus ou moins de café froid, sur la table traînent une moitié de miche de pain, une boîte de pâté et un morceau de saucisson. Apparemment, personne n'a eu l'idée d'allumer le poêle, il fait un froid de loup. À notre entrée, le Gros lève les yeux, secoue sa bouffarde au-dessus d'une boîte de conserves :

- Alors, la sanction ?
- Rien pour le moment, mais une chose est certaine : le commandant est un brave type, plein d'humanité et de compréhension, il nous a protégés et justifiés du mieux qu'il pouvait, mais les deux cons de pandores ont des doutes sur notre version des faits concernant le déroulement de la patrouille, bien que sur ce point nous n'ayons pas menti. Je crois qu'ils vont poursuivre leur enquête, pour le reste ?
- Pour le reste, quoi ? réplique Papi
- Rien, on n'y pense plus, c'est pas les disparus qui manquent dans cette putain de guerre, des centaines par jour !

Gilou fourre de vieux journaux dans le poêle et quelques morceaux de bois sec, craque une allumette pour embraser l'ensemble, progressivement une petite chaleur envahit l'espace, chacun vaquant à quelques occupations en attendant notre tournée popote de midi. Gilou se met à écrire dans ses calepins, Papi à sculpter un étui d'obus, le Gros à feuilleter quelques journaux, Le Zig allongé immobile sur son lit, les yeux grands ouverts à la recherche de je ne sais quoi ? Quelle chimère ?

Mado saisissant l'occasion de récolter un peu de chaleur saute de ma paillasse pour aller s'étaler aux pieds du poêle et s'endort paisiblement poussant de temps à autre de petits gémissements de satisfaction. Le silence ambiant alourdit l'atmosphère de l'espace ; nous sommes tirés de cet état par l'irruption du facteur :

- Salut les gars, aujourd'hui c'est réjouissances, deux colis et deux lettres, un colis pour le Gros, un pour Gilou, une lettre pour le Zig et une pour Papi. Pour toi Napo, rien ! Peut-être demain…

Le passage du facteur remonte le moral de la bande. Le Gros déplie son couteau et coupe rapidement les ficelles qui lient le colis, nous assistons au déballage, à chaque fois, une véritable cérémonie, les yeux grands ouverts, nous attendons de découvrir le contenu et nous ne sommes pas déçus : conserves en tous genres, charcutailles, confitures, chocolat, tabac, un cache-nez en laine sans doute tricoté par sa femme, une lettre et des dessins de ses deux enfants. Pour Gilou, quelques conserves, du chocolat et quatre livres. Après l'inventaire, ils placent les victuailles à l'intérieur du garde-manger de la communauté, ici tout se partage ! Ce garde-manger est une fabrication du Gros, double grillage, double loquet, les rats sont malins…

Cet intermède nous a quelque peu rassérénés. Le Gros et Papi décident d'aller faire un tour du côté de la popote. Tout en traînant les pieds, le Zig accepte de les suivre. Gilou me dit qu'il va du côté du radio-télégraphe discuter un peu, c'est un pays à lui. En cette fin de matinée, le soleil est dans l'axe de notre gourbi, la lumière presque printanière illumine l'intérieur. Du regard je fais le tour de l'espace calcaire, pour la énième fois, je relis sur les murs de craie les poèmes que Gilou a écrits à la peinture rouge et noire, on y trouve Hugo, Baudelaire, de Nerval et bien d'autres… Cela ressemble à de laconiques épitaphes posées là pour rappeler un monde meilleur, un pointillé heureux au milieu de l'atrocité. Sur la poutre au-dessus de la porte, il a écrit : « Même après leur mort, les poètes ne disparaissent jamais. » Ce moment d'oubli à travers ces textes me remonte à chaque fois le moral, oui, il y a un autre monde, c'est une certitude.

Je vais m'assoir à l'extérieur prendre un peu de soleil, me détendre, ma main en visière sous le calot, je regarde vers le Sud, j'aperçois au loin sur l'horizon un vol d'oies sauvages direction plein nord, qui se rapprochent, survolent en caquetant la zone française, le *No man's land,* la zone allemande. Les oiseaux ont cette liberté extraordinaire de pouvoir se déplacer en toute ignorance des frontières des hommes, je contemple le vol de cette compagnie ailée jusqu'à ce qu'il ne soit plus qu'un simple trait en forme de **V** sur l'horizon, **V** de **V**ivre, **V**ertu, **V**engeance, **V**acuité, **V**ictoire, **V**a-savoir ?

Je reviens à ce qui m'entoure, le soleil mouillé, le paysage neigeux, boueux, qui devient sale, puant et retrouve progressivement son aspect ravagé, chaotique…

Qu'en sera-t-il dans dix, vingt, cinquante ans ? Sans doute, au fil du temps, la nature aura-t-elle repris ses droits ? Ici la terre retournée, chamboulée, meurtrie aura été aplatie, labourée, remise en ordre par les hommes qui l'auront involontairement saccagée, violée. Des prairies vertes et fleuries renaîtront, des champs de blé dorés onduleront sous le vent, telles des chevelures blondes enfantines. Les bois, les forêts abriteront à nouveau leur flore et leur faune, un coup de torchon aura presque tout effacé ; certes, il restera ici et là quelques monticules, traces de tranchées, de sapes, d'entonnoirs de mines ; certainement cette cote 108 où nous nous sommes étripés pendant des jours interminables, culminera encore de quelques mètres, tel un temple du souvenir pour l'éternité.

J'en suis là de mes réflexions lorsque mes trois larrons font leur apparition, sortant de la cambuse de la cantine, l'air un peu plus jovial, la tronche bien rougeaude, conséquences certaines d'un café bien arrosé. C'est bien comme ça, ça me rassure de voir ainsi mes potes, il n'y a d'échappatoire pour personne, il faut tenir, peu importent les moyens…

- Alors, Napo, tu rêves ?
- Non, je pense !
- Fais gaffe à ne pas te faire exploser le képi, s'esclaffe le Gros.

Et tous les trois, de rejoindre le gourbi, se lançant des blagues en se bourrant les côtes, le tout ponctué de bons rires.

Il est vrai qu'ici, dans cet autre monde, chacun a droit à un minimum d'illusions pour survivre, ça s'appelle aussi l'espoir, ça n'a rien à voir avec la raison rationnelle des gens bien assis à l'arrière, l'espoir, c'est comme des feux de paille qui continuent à flamber sous la pluie. Nous sommes contraints d'avancer avec cet espoir vrillé au corps, s'en sortir vivants, sauver sa peau, parce que dans cette guerre que nous faisons, j'ai compris qu'elle se résumait à des stratégies où le poilu à titre individuel ne compte pas, seule la masse des combattants importe pour nos gouvernants et l'état- major. Que faire ? Il n'y a que trois possibilités : se révolter, déserter ou subir…

Un bruit de canon, de mortier, un vacarme infernal me sort de mon rêve, c'est le bruit d'une turbine d'hélicoptère et de ses palles, est-ce une nouvelle guerre ? J'ouvre les yeux, abruti, aveuglé, je perçois à quelques centaines de mètres, à basse altitude, l'hélico bleu de la gendarmerie qui survole à faible vitesse, presqu'en vol géostationnaire le lit de la Seine. Que surveillent-ils ? Sont-ils à la recherche de je ne sais quoi ? Non seulement ils emmerdent mes poilus de la Grande Guerre, mais ils me réveillent et me sortent de mon rêve !

Enfin, progressivement, le bruit se fait moins intense, s'éloigne et le gros frelon disparaît derrière le rideau d'arbres.

J'ai du mal à retrouver l'inconscience et le fil de ma rêverie, à force de concentration, je me perds à nouveau entre le réel et l'irréel, des images floutées et irrégulières apparaissent, tout devient plus clair, s'illumine comme un grand écran.

Mado gambade allégrement, la truffe au ras du sol, autour de la roulante d'où se dégage l'odeur entêtante et habituelle du rata, espérant qu'une bonne âme va avoir pitié d'elle et lui refiler un os à ronger, oü mieux…Finalement, un cuistot qui n'espère pas voir se renouveler une expérience passée, lui dépose une gamelle remplie à ras bord et un gros os, de quoi l'occuper un bon moment. Ravie, frétillant de la queue, elle se goinfre. Le cuistot semble apprécier : « Tu es bien la seule à apprécier notre bouffe ! Ça c'est certain. »

Il n'y a plus aucun nuage dans un ciel d'un bleu limpide, un soleil presque printanier me réchauffe tout le corps, c'est plus qu'agréable, c'est tonique, ça redonne le moral avec juste une petite pointe d'angoisse, ici avec mes potes nous avons très bien compris qu'il fallait rester groupés, compacts dans l'adversité. Là se trouve la meilleure issue pour espérer s'en sortir, tout en sachant qu'aucun n'est à l'abri d'un coup du sort.

J'aperçois Gilou qui déboule de la parallèle qui mène au PC, il a l'air tout excité, capote ouverte, casque sous le bras.

– Napo ! Napo !

- Ça va, ça va, reprends ton souffle.
- Tu sais, j'étais parti discuter du pays avec un gars du village… Eh ! Bien ! Tu sais quoi ?
- Non, accouche !
- C'est à peine croyable, mais à la deuxième compagnie, il y a un poète, Apollinaire, Guillaume Apollinaire, il est lieutenant à la 2ème compagnie, tu connais ?
- Non, ça ne me dit rien.
- Moi, si, j'ai eu l'occasion de lire quelques poésies de lui, c'est un type qui a une drôle d'histoire, il serait né à Rome, mais sujet polonais de l'empire russe. Arrivé chez nous, il a demandé la nationalité française pour pouvoir s'engager, ce qu'il a obtenu en 1915, je crois, il avait envie de se battre à nos côtés, va savoir pour quelles raisons ?
- Mais il est fou ton Apollinaire ! Rien ne l'obligeait à s'engager pour venir se faire crucifier dans cette misère…
- Il a certainement une bonne raison, peut-être une dette envers la France, un chagrin d'amour ou je ne sais quoi ?

Le Gros intervient :

- Moi, je vais te dire : ton poète, c'est comme s'il avait envie de se suicider, enfin, c'est son affaire, pourquoi ne continue-t-il pas à écrire tranquillement sa poésie chez lui ? A ce que je sache, la poésie ne tue pas !
- Peut-être, mais j'ai demandé à mon pote de pouvoir le rencontrer, pour moi, ce serait formidable, vous savez comme j'aime la poésie. Alors, si tu veux bien, ce soir, j'irai faire un tour à leur cantine et peut-être, avec un peu de chance, je pourrai discuter avec lui.

- Mais oui Monsieur l'instituteur, pas de problèmes, tu pourras nous raconter à quoi il ressemble ton poète, ce qu'il écrit, ça nous changera des ragots de tranchées.

Ce soir- là, nous faisons notre tournée de soupe sans Gilou, ça lui fait tellement plaisir de rencontrer cet Apollinaire…

Nous sommes attablés à discuter de notre repos à l'arrière pour le lendemain, ça n'était pas prévu, plus on est loin des premières lignes, mieux on se porte. Nous allons nous replier du côté de Roucy à environ une dizaine de kilomètres de Berry, nous y sommes déjà allés, c'est assez tranquille.

Soudain la porte s'ébranle, s'ouvre pour laisser place à Gilou. Il jette son casque et sa capote sur son lit, met son calot, prend sa place à la table, il a les joues bien rouges, les yeux pétillants de fébrilité, son regard fait le tour de la table, passant de l'un à l'autre :

- Alors, tu l'as vu ton poète ?
- Pour sûr, j'ai pu parler avec lui, au début j'étais très intimidé mais il m'a rapidement mis à l'aise, c'est un type qui possède un verbe aisé, coulant, lorsqu'il te parle d'écriture, de poésie, tu as l'impression d'entendre le ruissellement enchanteur d'un cours d'eau, ses mots, ses paroles glissent comme de petites feuilles animées par une brise légère qui les emporte au fil du courant, qui les met en ordre pour en faire de la prose, de la poésie, c'est formidable !

Gilou fouille la poche intérieure de sa vareuse, il en extirpe une feuille de papier qu'il déplie avec une grande délicatesse, entre ses mains fébriles on pourrait croire qu'il tient un parchemin de l'Egypte ancienne qui manque de s'effriter au moindre mouvement un peu brusque. Il redresse son calot, son front large se plisse de rides. Nous l'observons avec inquiétude, qu'a-t-il à nous dire pour prendre un air aussi solennel ?

– Maintenant, écoutez.

SI JE MOURAIS LA-BAS ...

Si je mourais là-bas sur le front de l'armée
Tu pleurerais un jour ô Lou ma bien-aimée
Et puis mon souvenir s'éteindrait comme meurt
Un obus éclatant sur le front de l'armée
Un bel obus semblable aux mimosas en fleurs

Et puis ce souvenir éclaté dans l'espace
Couvrirait de mon sang le monde tout entier
La mer les monts les vals et l'étoile qui passe
Les soleils merveilleux mûrissant dans l'espace
Comme font les fruits d'or autour de Baratier

Souvenir oublié vivant dans toutes choses
Je rougirais le bout de tes jolis seins roses
Je rougirais ta bouche et tes cheveux sanglants
Tu ne vieillirais point toutes ces belles choses
Rajeuniraient toujours pour leurs destins galants

Le fatal giclement de mon sang sur le monde
Donnerait au soleil plus de vive clarté
Aux fleurs plus de couleur plus de vitesse à l'onde
Un amour inouï descendrait sur le monde
L'amant serait plus fort dans ton corps écarté

Lou si je meurs là-bas souvenir qu'on oublie
- Souviens-t 'en quelquefois aux instants de folie
De jeunesse et d'amour et d'éclatante ardeur
Mon sang c'est la fontaine ardente du bonheur
Et sois la plus heureuse étant la plus jolie

Ô mon unique amour et ma grande folie

Guillaume Apollinaire
30 janvier 1915, Nîmes.

Accrochés à ses lèvres, dans un mutisme complet, nous avons écouté les mots s'envoler comme des colombes. Mado assise sur son train arrière, les oreilles dressées avait elle aussi l'air fascinée par la lecture de Gilou. Je lui demande :

- Mais d'où vient ce nom d'Apollinaire puisque tu nous dis qu'il est polonais ou russe ?
- Peut-être a-t-il emprunté ce patronyme à un poète ou philosophe romain ? Je crois qu'il y a eu un certain Domitius Apollinarus dans les écrits de Pline le Jeune.

Papi lève la main :

- Oh ! la ! Oh ! la ! On perd pied, les romains, tout ça, je n'en ai pas entendu parler à l'école, je me limite à La Fontaine, mais ce qu'écrit ce gars, c'est tout simplement sublime !

Le Zig ajoute son grain de sel :

- Tu ne crois pas que sa présence au front aurait un rapport avec ce qu'il a écrit à la gonzesse ? Ça semble une affaire de cœur, peut-être qu'elle l'a laissé tomber ou quelque chose dans le genre, je vous le dis toujours, il faut se méfier des femmes, ça te retourne complètement le ciboulot, tu deviens inconscient et tu fais n'importe quelle connerie.

Là-dessus, Gilou replie délicatement le poème pour aller l'insérer dans un de ses calepins.

- Au fait, Napo, je dois le revoir pour continuer notre discussion, si ça t'intéresse, tu pourras venir avec moi.
- Oui ça me ferait bien plaisir, mais ce sera après le repos, le juteux m'a averti que demain on plie bagage pour cinq jours, repos à l'arrière, enfin un moment de tranquillité.
- Après cette rencontre inattendue et cinq jours de repos à l'horizon, voilà enfin une bonne journée, on va pouvoir bien roupiller, conclut Gilou.
- Sauf si les Boches cherchent la bagarre, ajoute Papi.

Au matin, c'est le branle-bas, Mado saute et gambade de paillasse en paillasse, sonnant pire qu'un clairon un réveil agité, car pour elle, pas besoin de lire un ordre de mission, le flair lui suffit. Nous ficelons nos paquetages et filons rapidement au rapport en prenant au passage un quart de café, histoire de se réchauffer les tripes, pour le casse-croûte, on verra en route. L'important, c'est de déguerpir le plus vite possible d'ici, on n'est jamais à l'abri d'un contrordre comme le veut le rituel militaire.

Une section montante du 206ème prend déjà possession des lieux, nous nous faisons pointer auprès de l'officier de service et déguerpissons rapidement, Mado en tête, trottinant allégrement, sa queue fouettant dans tous les sens.

Nous remontons la ravine qui mène à la ferme en ruine, puis empruntons le chemin défoncé qui conduit à la route, au carrefour nous croisons des sections montantes en première et seconde ligne, pour la plupart, ce sont de jeunes recrues qui se remarquent à leur tenue et à leur équipement flambant neuf, leurs regards inquiets sont interrogateurs, ils nous observent, comparant certainement notre accoutrement disparate troué et boueux avec leurs tenues impeccables.

« Tu vois, me fait remarquer Papi, pour toutes ces recrues, il y a une théorie qui circule chez les anciens, le plus dur pour les jeunes, ce sont les trois premiers jours de combat, la moitié y laissent leur peau et, par la suite, la durée du sursis s'allonge, c'est peut-être dû à une certaine forme d'adaptation, ou au pressentiment de ce qui va ou risque de se produire, au mimétisme avec les anciens, va savoir ! En tous cas, c'est prouvé. »

À l'arrière de chacune de ces sections, les anciens suivent, traînant leurs godillots fatigués sur le sol boueux, le regard vide dirigé vers le sol, les visages blafards, mal rasés, grimaçants de ceux qui repartent vers des jours incertains où va régner à nouveau le pire… Sur cette route, circulent aussi des convois de camions chargés de munitions et matériels en tous genres, cahotant au gré des ornières de la route défoncée, qu'essaient de remettre en état des anciens de la territoriale, dont un grand nombre pourraient être nos pères, certains sont comme des vieillards fatigués, usés, il ne leur manque qu'un costume rayé, une chaîne et un boulet au pied et ce sont des bagnards ! Un peu plus loin, des attelages de huit chevaux de labour, toute musculature bandée, tentent de sortir des ornières le train de deux batteries de cent cinquante, dans un vacarme d'essieux…

Nous prenons à droite un chemin de traverse qui raccourcit le trajet jusqu'à Roucy, traversons un vallon surmonté de mouvements de terrains en forme de petites buttes, certaines boisées, d'autres pelées ou arasées, vestiges de l'offensive boche de 14 … Nous descendons une petite venelle encastrée, creusée par les ruissellements d'eaux de milliers d'années, damée par le piétinement des animaux et des hommes. De chaque côté est érigé un muret de pierres sèches à mi-hauteur d'homme, servant de barrière pour les animaux et bordé de ronces, d'aubépines, de prunelliers tristement nus et squelettiques en cette fin d'hiver.

Nous arrivons à proximité du village en rejoignant la grande route. A l'entrée nous découvrons d'un côté quelques maisons, toitures en ruines à demi effondrées, les poutres maîtresses s'élançant vers le ciel, au centre l'église miraculeusement épargnée tient encore debout, pourtant cible privilégiée de l'artillerie ennemie, chaque clocher étant supposé abriter un guetteur posté là pour régler les tirs.

Au beau milieu sont stationnées quatre batteries de 75 avec leur équipage, sur la place règne une grande agitation, quelques villageois, sans doute ceux qui n'avaient pas voulu se joindre à l'exode pour ne pas abandonner leurs maisons ou n'avaient pas pu. Avec renforts de gestes nerveux, ils discutent vivement avec trois officiers à cheval, trois colonels dans une tenue impeccable, breloques pendantes, bottes luisantes, l'ensemble n'ayant probablement pas mis un pied en première ligne depuis le début de la guerre. Papi me glisse : « À eux les médailles, à nous la mitraille ! » Effectivement, en passant à leur hauteur, on perçoit une discussion très animée, les paysans semblent exiger que les batteries déguerpissent dans les champs voisins et se mettent à couvert à l'abri des arbres, ils ne veulent pas qu'à nouveau le village serve de cible aux boches comme ce fut déjà le cas. Le plus virulent interpelle sèchement le colonel :

- Si un avion de reconnaissance boche repère vos batteries, on est bon pour une bonne canonnade ou un bombardement aérien, qui cette fois anéantirait définitivement le village, pendant que vous, les bons messieurs serez planqués dans le château, peut-être même à la cave, c'est qu'il a de la réserve le châtelain !

Le visage d'un colonel s'empourpre, il tape nerveusement de sa cravache sur sa botte, son cheval bronche, tourne sur lui-même :

- Vous nous insultez monsieur, vous insultez la France, l'armée, il va vous en cuire, où est votre maire ?
- Il n'y en a plus depuis 14, il est mort en Lorraine au début des hostilités. Son successeur monté au front quatre mois après sa nomination, est mort une semaine après, depuis plus de volontaires… Alors, voyez-vous, l'armée, la nation, tout ça, on s'en fout, vous nous promettez la victoire depuis plus de deux ans et rien…on fait du surplace, on meurt par centaines de milliers, l'Alsace, la Lorraine, fallait pas vous la faire piquer en 70, bon, la perte n'a pas coûté cher en vies humaines par rapport à l'hécatombe que vous nous faites subir, vous et vos vieux politicards à la con, alors, colon ou pas, on vous emmerde, vive l'anarchie !

Les colons ne mouftent pas, tournent bride, direction le château. Un grand silence règne sur la place, poilus, civils, tous restent figés, je m'attends à voir débouler la maréchaussée, mais rien…

L'affaire ne sentant pas trop bon, nous rejoignons notre lieu de villégiature. Papi, lors de notre premier repos a négocié avec une brave veuve un hébergement dans une petite grange, un grenier en soupente bien aménagé, paillasses et couvertures propres, pas de bestioles ennemies du corps du soldat, deux grosses armoires, une grande table et des chaises.

Elle nous accueille aimablement dans son logis, un petit corps de ferme intact rescapé de la curée boche de 14.

À l'étage, une chambre a été réquisitionnée pour deux officiers au repos. Pour la bouffe, chacun des occupants doit fournir les denrées qu'elle se charge de cuisiner. Mais à sa table, pas de grade, pas de distinction, pas de hiérarchie, nous sommes ses invités, celui qui déroge à la règle peut aller bouffer ailleurs.

Juste en face de l'église, se tient un établissement pour le moins hétéroclite, un genre multi-commerce, des filles au chocolat, en passant par tout ce qui est susceptible de se vendre...Le bastringue tourne 24 heures sur 24, le tôlier est le fils d'un ancien de 70 qui doit avoir dans les 75 ans. Sur une estrade, il trône dans un grand fauteuil, imposant son autorité de vieux grognard sur son domaine. On viendra y faire un tour ce soir après s'être astiqués.

La fermette de la veuve Bantome se trouve au bout d'une rue à l'extrémité sud du village ; à son approche Mado nous fausse compagnie et fonce vers les bâtiments. Elle nous aperçoit depuis son jardinet où picorent quelques poules, les glycines grimpent au mur comme des toiles d'araignée géantes en cette fin d'hiver.

La veuve nous serre à tour de rôle dans ses bras maigres : « Mes petits, vous êtes tous là, quelle joie de vous voir en santé ! Passez par la cuisine, je vais vous servir un petit remontant. »

On papote avec elle quelques instants, le quotidien du front, quoi… De son côté, elle nous relate les nouvelles de l'arrière ou du moins ce qu'elle en sait :

- Bon, allez-vous installer en passant par un décrassage à la fontaine de la cour et n'hésitez pas avec le savon, vous puez ! Repas à 7 heures, vous serez seuls, les lieutenants arrivent demain soir.

Le soir, l'estaminet, Bazar, Bastringue, Bordel, Beuglant, est bourré comme une tourte, ça chante, gueule, bouffe … négocie… On pourrait se croire à des dizaines de kilomètres du front. Il y a là, l'Infanterie, le Génie et la fleur de l'armée, les artilleurs qui se prennent pour l'aristocratie d'une guerre moderne. L'ambiance est à son comble, il s'établit presque naturellement une frontière dans la salle, d'un côté, les fantassins, de l'autre l'artillerie et quelques égarés du génie. Les quolibets commencent à jaillir, les discussions à la frontière des deux clans s'enveniment de plus en plus :

- Artilleurs, planqués, assassins, vous nous envoyez plus d'obus qu'aux boches, loin des lignes, loin des bignes !
- Bouseux, infanterie, *infecterie,* vous transportez la puanteur et les bestioles à travers les tranchées et, jusqu'ici dans un endroit de réjouissances, vous empuantez tout sur votre passage : Dehors !
  Allez vous baigner dans la fontaine, bande de rats de tranchées !

Soudain tout dégénère, les premiers coups pleuvent, Mado file sous une table en jappant comme une dingue, on s'agrippe, s'insulte, se bourre de coups de poing, de pied, c'est la bataille rangée. Je me fais prendre au col par un grand escogriffe, je veux lui faire lâcher prise, mais il est plus costaud que moi, me colle un coup de tête, mon képi va valser ; en m'écroulant j'ai le temps de voir Mado lui choper le bras à pleines dents, arcboutée sur ses pattes arrière ; profitant de la situation le Zig assène un coup de litron sur la tête de l'assaillant.

Après un temps que j'ai du mal à évaluer, je refais surface, la grande salle est beaucoup plus calme, une dizaine de gendarmes semble avoir mis fin à cette joyeuse empoignade et procède à un contrôle d'identité. Le Gros nous fait un petit signe nous indiquant de nous diriger vers le comptoir où nous nous retrouvons tous les cinq, accoudés, l'air de rien : « Rampez discrètement un par un derrière le zinc, il y a une trappe qui mène dans la cave. » Nous nous laissons doucement glisser le long du bar, rejoignons la trappe, Gilou l'ouvre doucement et les uns après les autres, nous disparaissons dans le noir, la trappe se rabat sur le Gros. Papi a déjà allumé son briquet dont la flamme éclaire la cave d'une faible lueur. La sortie se devine en haut d'un petit escalier de pierre. Enfin à l'extérieur et libres, nous détalons à grandes enjambées vers notre refuge, là, nous l'avons échappé belle !

Dans notre chambre grenier, Papi extrait de sa capote deux bouteilles de bon pinard qu'il a subtilisées au passage dans la cave du vieux grigou et s'écrie : « À la santé des artilleurs ! ». Je réalise que Mado n'est pas là, au même instant, j'entends un petit couinement derrière la porte, ouf ! Cette fois, nous sommes au complet ! La bouche sèche après de tels événements, nous sifflons les deux bouteilles, ça rassérène et ça calme.

« Bon, ça suffit pour ce soir, à la literie l'infanterie… » bâille Gilou en s'étalant sur son lit. À peine endormi, je suis brutalement réveillé par le bruit sourd et roulant d'une canonnade intense, les autres se redressent illico sur leur paillasse : « Ça vient du côté de Berry ! » intervient Papi. En caleçon, nous nous précipitons dans la cour de la fermette, en effet, à l'Est, il semble y avoir un incendie monstre, une barrière de feu intense, tout comme un front de forêt en flammes, le ciel est embrasé jusqu'aux étoiles, le bruit du pilonnage est infernal, intensif. Je ne peux m'empêcher de penser aux pauvres types que ce matin nous avons croisés sur la route, beaucoup de jeunes mobilisés. Pour nombre d'entre eux, le premier jour de guerre est peut-être le dernier, combien vont se faire déchiqueter, emporter par la violence de la mitraille et du feu ? Demain, on retrouvera les restes d'un festin de nourriture humaine, éparpillée, disséminée, rassasiant la vermine, les charognards, maîtres du champ de bataille.

De retour à la chambre, le sommeil me fuit, le roulement du canon est continu, la cadence des tirs de tout calibre, assourdissante, les éclats de lumière tels un feu d'artifice, forment un cadre dans les interstices des volets et de la porte, l'écran des enfers… Nous tournons en rond, épiant les échos de la bataille. La porte s'ouvre, quelqu'un sort. Je suis abruti, je me fourre dans chaque oreille une boulette de papier journal humide, ce qui rend le vacarme moins audible, je finis par somnoler, peut-être dormir.

Je sursaute, Mado bondit partout, fait le tour des lits, finit par sortir toute la chambrée de son hébétement, renifle le bas de la porte, accroche la clenche de ses pattes, jappe fort en donnant des coups de tête en l'air. « Qu'est-ce qui lui prend ? C'est le canon qui la rend dingue ? » me dit Papi. Assis sur ma paillasse, stupéfait, je m'aperçois que le lit du Zig est vide, un morceau de carton plié sur la couverture, Gilou s'en saisit : « Je n'en peux plus, je me tire, je préfère errer comme un romanichel que de rester plus longtemps ici à attendre de me faire cueillir par un éclat d'obus. De toute façon, on ne meurt qu'une fois, il n'y a pas d'exception, alors je préfère mourir libre, même tiré comme un lapin par les gendarmes, salut les potes, bonne chance. »

- Il m'a semblé voir, il y a environ une heure la porte s'entrouvrir et une silhouette disparaître à l'extérieur, ça ne peut être que lui qui se faisait la belle.
- Qu'est-ce qu'on fait ? demande le Gros

- Il n'y a pas à hésiter, on y va ! De toute façon, nous sommes au repos, le seul risque, c'est qu'avec la corrida de cette nuit, on nous renvoie en ligne plus tôt que prévu.
- On prend le risque, comme le Zig ne connaît pas bien le secteur, on finira bien par lui tomber dessus, acquiesce Papi.

Je fais bien sentir à Mado la paillasse du Zig : « Allez, ma belle, retrouve-nous ce lascar. » Sans hésiter, elle contourne la grange, prend un sentier plein ouest, nous traversons un bosquet de sapins, à son extrémité s'étend un grand champ où des dizaines de croix blanches ont remplacé un pré où devaient fleurir à cette époque de l'année des milliers de perce-neige immaculés. Nous traversons le cimetière, soudain le bruit de la canonnade cesse d'un seul coup, seules quelques fusées montent encore vers le ciel bleu, on pourrait croire qu'un arbitre a sifflé la fin d'un match de ballon. Mado poursuit sa quête, sûre d'elle. Nous longeons une haie, plus aucun bruit, seul le frisson des branches de saule où apparaissent les premiers bourgeons d'un printemps proche.

Au bout de l'allée, le terrain descend en pente douce, le sentier s'enfonce de plus en plus dans un sous-bois épais, Mado s'immobilise tel un chien d'arrêt, dresse la tête, me regarde, ses yeux brillent et semblent lancer des étincelles, je lui caresse doucement la tête : « Il n'est pas loin ? », elle me répond d'un petit couinement à peine audible, nous avançons en silence, débouchons dans une clairière, alors s'offre à nous un spectacle insolite : une vieille chapelle pratiquement en ruines, les murs partiellement écroulés sont rongés par le lierre, les arbrisseaux poussent dans les éboulis, la nef centrale n'est pas encore à l'agonie, le clocher est couché, ses poutres sont éparpillées, entremêlées, fichées dans le sol. Mado s'élance à l'intérieur de la ruine, après quelques secondes se met à aboyer, je connais Mado, c'est un jappement de contentement.

Il est là, adossé contre le confessionnal vermoulu, entouré de trompes d'orgues qui font penser à des douilles d'obus d'une autre guerre, son fusil posé contre un prie-Dieu bancal et tout son barda à ses pieds. C'est alors que je remarque qu'il lui manque le godillot du pied droit, son pied est nu, gonflé, rouge violet, tordu : « Il s'est cassé la patte ! »

Il est là, mais n'a pas l'air présent, parti très loin du monde pourri qui l'entoure.

« Eh ! Perrin ! Qu'est-ce que tu fais là ? »

Il ne répond, pas, tourne les yeux vers une statue bancale de St Christophe qui semble défier une fresque de l'apocalypse délavée par les pluies et brûlée par le soleil. La poutre centrale en équilibre sur la nef a résisté par miracle, l'autel de marbre gris et le tabernacle sont brisés en multiples morceaux qui jonchent le sol moussu, les murs encore debout suintent le moisi, de petites stalactites commencent à se former, l'état de cet édifice religieux et les messages qu'il semble envoyer sont-ils le futur de l'humanité ? Instinctivement, sans nous en rendre compte, nous sommes tombés à genoux, sans doute pour nous mettre à hauteur de son désespoir.

Il porte son regard vers nous, ses yeux sont remplis de larmes qui ruissellent sur son visage blême et mal rasé, il en sort une grande souffrance physique et morale, il se redresse un peu en grimaçant de douleur : « Mes bons vieux potes, brave Mado ! » À son nom elle s'assoit contre lui, lui lèche le visage, semble vouloir sécher ses larmes. Je regarde cet homme que j'ai connu, sûr de lui, désinvolte, plaisantant de tout, il semblait braver la peur, l'angoisse, la mort, tout ce qui participe à ce grand cirque…Et là, je le vois effondré, vidé de toutes substances qui font un homme, il ressemble à une épave échouée sur les rochers déchiquetés de la guerre. Gilou intervient :

- Mais qu'est-ce qui t'a pris de vouloir nous fausser compagnie, sans rien nous dire ? Je croyais que nous étions tous unis, si tu avais la tête ailleurs, dans la fuite, il fallait venir te confier, tu sais, chacun de nous a certainement pensé dans un moment d'abandon à la désertion.

Et chacun d'opiner de la tête.

- Ça a été plus fort que moi, plus fort que l'amitié que je vous porte, une envie irrépressible de liberté, de soulagement, de ne plus rien voir, rien entendre de tout ça ! À un moment, j'ai perdu connaissance, il me semblait que je sortais de mon corps, que j'abandonnais là ce pantin déguisé en soldat, pourfendeur d'un ennemi, je flottais au-dessus de lui, empreint d'une grande pitié, « lève-toi, mais lève-toi donc, quitte cet accoutrement d'assassin, ceux d'en face sont comme toi, il n'y a que l'uniforme qui change, promenez-vous à poil, non de dieu ! Vous ne ferez plus la différence, vous vous rendrez compte que l'intérieur est le même et peut-être fraterniserez-vous ? » Et puis j'ai ouvert les yeux, vous étiez là.

Gilou tente de le ramener à la réalité :

- Je te comprends, mais as-tu réfléchi que tu allais te lancer dans une aventure qui n'aboutirait à rien, sinon qu'à être un pauvre hère en cavale, obligé de te cacher en permanence, vivre comme une bête au fond des bois pour échapper à la dénonciation, déjouer à tout instant la traque des gendarmes, ils offrent même des primes à tous ceux qui les mettent sur la trace d'un fugitif, et même si tu réussis à leur échapper, tu devras te dissimuler, te fondre dans l'anonymat, jusqu'à quand ? On ne sait même pas si un jour on retrouvera la paix ! Alors tu vois, dans ces conditions, au pire c'est douze balles dans la peau au petit matin, au mieux, le bagne à vie !

Papi reprend :

- Oui, mais les forçats ont une meilleure vie que nous, certes, enchaînés, ils le sont, mais à Cayenne, il n'y a pas de balles, d'éclats d'obus, seulement un boulet à la patte qu'ils traînent. Nous, ici, nous sommes les forçats de la République, de la Nation, sauf que le boulet peut nous péter à la gueule à tout instant, et hop ! Rayés des registres, morts pour la France, juste droit à une croix de bois, avec un peu de chance ton nom dessus, alors je comprends que l'on ne puisse supporter ce poids.

Je crois qu'à cet instant, nous pensons tous la même chose. Je reprends la parole :

- C'est pas le tout, il faut ramener le Zig au village, il y a au moins trois bornes, juste à espérer que notre disparition n'ai pas été signalée, on fabrique un brancard, c'est le mieux, toi Gilou, tu lui fais une attelle pour sa guibole.

Chacun s'active, après un quart d'heure, nous sommes sur le retour, le terrain n'est pas difficile.

- Qu'est-ce que qu'on va raconter pour justifier notre absence si on nous questionne ? demande Papi.
- Ce n'est pas un problème, j'étais parti avec le Zig faire un tour vers le cimetière, et là il s'est ratatiné en trébuchant sur une racine dans le bois de sapin, il hurlait de douleur, je lui ai enlevé son godillot et je me suis aperçu qu'il avait une fracture ouverte, l'os apparent, pas beau à voir ! Je suis rapidement venu vous chercher pour que vous m'aidiez à le ramener, ça peut prendre… sauf qu'il faudra mettre Madame Bantaume au courant, elle pourra, j'en suis sûr, justifier notre version.

Nous prenons par le cimetière et la sente qui remonte au village, durant ce parcours scabreux, Perrin, couché sur son brancard de fortune, serre les dents pour ne pas gémir de souffrance.

« Gilou, tu files chez la veuve, tu t'arranges pour rendre crédible notre histoire, nous on va essayer de trouver un toubib ou une infirmière dans le village. »

Lorsque nous débouchons sur la place, il y règne une grande agitation, en quelques heures, tout a changé, des camions, des tombereaux, des ambulances arrivent en nombre par la route de l'est, au milieu de la place, près de la fontaine, des tentes à croix rouge ont été dressées en hâte, on décharge tout ce qui a pu rouler, des pantins abîmés, mal pansés, ensanglantés, cachés pour les plus atteints sous des couvertures, sous des bâches. Nous avançons à travers cette masse agitée jusqu'à une tente d'où sort une infirmière.

« Hep, Mademoiselle, nous avons un blessé… »

Elle s'approche de notre brancard, inspecte la plaie : « on va s'occuper de lui. ». Elle appelle deux aides qui vont transporter notre pote à l'intérieur d'une tente. S'adressant au Zig, Papi lui dit : « Maintenant, ne fais pas le con, le toubib, lui, ne cherchera pas à comprendre, pour les gradés, s'ils te questionnent, notre version, rien que notre version, avec un peu de chance et l'état de ta guibole, t'es tranquille pour un bout de temps, peut-être jusqu'à la fin de la guerre, à condition qu'elle ne dure plus très longtemps. »

On lui serre tous la pogne, je lui glisse : « Garde le moral, comme tu l'as toujours fait, profite de la situation, surtout, raye de ta mémoire tout ce qui s'est passé pendant la patrouille au petit poste, je pense que j'aurais fait la même chose, moi non plus, je n'aime pas les fumiers, c'était lui ou la terrible sentence d'un tribunal militaire pour la sentinelle. » Je le serre une dernière fois dans mes bras : « Bonne chance à toi !»

Puis nous nous éloignons sans nous retourner.

Au milieu de ce charivari, les paysans que nous avions vus s'alpaguer avec les colons prêtent main forte aux ambulanciers, transportent les blessés, charrient des bottes de paille, puisent des seaux d'eau à la fontaine, par contre, pas de colon à l'horizon, sans doute bien à l'abri au château à envisager des stratégies inédites pour toujours plus de sacrifiés…

- Bon, allez, on retourne à notre grange.
- Eh, caporal, où est-ce que vous étiez fourrés avec votre bande ?

C'est le juteux qui nous interpelle.

- Nulle part, on vient juste de transporter Perrin à l'ambulance, il s'est cassé la jambe.

Il ne nous demande même pas en quelles circonstances et enchaîne :

- Au moins, les pandores ne l'emmerderont plus avec leur enquête, de toute façon, demain on remonte en ligne, départ huit heures, toute la compagnie.
- Mais ça fait seulement trois jours de repos !
- Je sais, mais les boches ont attaqué sérieusement sur le flanc droit de Berry au Bac, ils ont pris le bois aux buttes et pulvérisé le 206ème, deux compagnies montées en

renfort ont repris les positions, mais il y a pas mal de dégâts...

Là-dessus, il s'éloigne.

Nous nous retrouvons chez Madame Bantaume, je lui annonce que nous remontons en ligne demain matin, elle me saisit fermement le bras : « Tout va bien pour votre copain, Monsieur Gilou m'a expliqué, rassurez-vous, si l'on me pose des questions, à mon âge, on ne peut se souvenir de tout, n'est-ce pas ? »

Au matin, après qu'elle ait préparé un copieux repas et que nous eûmes rassemblé notre barda, elle nous accompagne jusqu'à la porte de son jardin où apparaissent les premiers crocus, nous étreint dans ses bras, nous embrasse, prodigue quelles caresses à Mado, en lui disant : « Veille bien sur eux. »

Nous arrivons à la place qui est déjà bien envahie par les compagnies qui remontent en ligne. La nôtre se trouve près de la fontaine presqu'intacte, l'eau sort du masque joufflu d'une espèce de faune auquel manquent une corne et une oreille puis s'écoule dans une grande vasque de granit dans laquelle chacun remplit sa gourde parmi quatre mules efflanquées qui battent l'air de leurs grandes oreilles, insouciantes de l'agitation humaine et de ce qui la provoque. À l'extrémité de la vasque est assis un homme qui tient par la bride un cheval de trait qui s'abreuve en grandes lampées d'eau fraîche, la pauvre bête qui a dû être dans un passé récent un animal robuste et puissant, n'est plus qu'une misère amaigrie, ses flancs sont marqués de multiples cicatrices et blessures, une patte avant levée semble le faire souffrir. L'homme lui aussi a l'air fatigué, usé malgré son jeune âge. Il porte une vareuse sans insignes, un pantalon de velours épais, de bons godillots aux pieds, sa main gauche est appuyée sur une canne, un sac à dos à ses pieds. Cet équipage m'intrigue, je ne peux m'empêcher de demander à l'homme :

- Mais que faites-vous dans un pareil endroit ?
- Je suis venu rechercher mon cheval que ces salopards ont réquisitionné en septembre 14, ça fait deux mois que je tourne dans le secteur pour le retrouver, je n'y croyais pas, mais le miracle s'est produit, il est bien là mon César, pas bien vaillant, mais je vais le ramener à la maison et à sa forêt.
- Tu dois me prendre pour un fou, mais après ma réforme, lorsque je suis rentré à la maison, il ne se passait pas un jour, une nuit, sans que je sois obsédé par la vision de César. La nuit je me réveillais en sursauts, il était là dans mon rêve, bien vivant, blessé, errant dans une forêt de spectres de troncs calcinés, de ruines fumantes, sa tête grossissait, ses grands yeux empreints de tristesse, me fixaient, m'imploraient de venir à son secours. Alors un matin, je révélai à mes parents mes rêves et mes obsessions ainsi que mes visions nocturnes, je leur fis part également de ma décision de partir à sa recherche. À mon grand étonnement, aucun d'entre eux ne m'empêcha de m'embarquer dans cette aventure chimérique… Et voilà, ça fait presque deux mois que je

me suis lancé à sa recherche. Tu vois, j'ai compris ce que voulait dire le mot ESPOIR, alors, faites comme moi : « espérer, espérer… », c'est une des meilleures façons de se battre contre l'adversité, même si l'on se dit que le destin est écrit, alors pense que c'est nous qui pouvons l'écrire, enfin, c'est mon idée ! Allez, bonne chance à vous quatre…

- Bon courage pour votre retour, que le destin vous soit favorable et que vous retrouviez enfin la paix…

Je n'ai pas osé lui poser plus de questions.

Le commandant de compagnie est là, tenue impeccable, sans casque, fidèle à cette habitude, képi sur la tête, rien que le képi. L'adjudant se met à gueuler : « Deuxième compagnie, rassemblement colonne par deux, direction Berry ! » La compagnie se rassemble, se met en ordre de marche, comme à la parade, s'ébranle sans trop de conviction, presqu'au ralenti…Là-bas, vers l'est, le soleil se lève à contrecœur derrière des nuées qui empaquettent l'horizon, résidus des derniers combats, cette barre opaque semble marquer la frontière entre deux mondes seulement troublés par quelques éclairs fugaces…

Nous marchons tels des automates vers une nouvelle destinée, pour ce retour en ligne, les chefs ont bien pris soin de ne pas emprunter la route la plus directe, on fait un détour, sans doute pour éviter de croiser les convois de martyrs. Après une heure de marche, le juteux ordonne une pause, nous sommes arrêtés à couvert d'une sapinière, nous jetons nos sacs à terre. Papi et le Gros se pointent un peu plus tard en se traînant. Au départ, je n'avais pas remarqué qu'en plus de leur havresac, ils transportaient chacun un gros sac marin :

- Qu'avez-vous là-dedans ? Un cochon ?
- Presque, vu le foutoir qui doit régner dans les lignes, on s'est dit que faire un peu de réserves ne serait pas superflu…
- Vous êtes quand même de sacrés lascars, vous pensez à tout, surtout à la bouffe !

Ils déposent leurs sacs et s'étalent au sol, Mado vient rapidement se coucher auprès d'eux, est-ce pour surveiller ou par convoitise ? De toute façon, personne n'osera s'approprier les réserves. Je m'adosse à un sapin, puis me laisse glisser sur le tapis d'aiguilles moelleux. Le Gros vient s'installer à mes côtés, il enlève ses godillots qui semblent tout neufs.

« Ah ! Tu te demandes où j'ai trouvé ça ? C'est un ambulancier qui me les a donnés en voyant les détritus que j'avais aux pieds « Le possesseur n'en aura plus jamais besoin. » a-t-il précisé. Sauf que le problème ne s'est guère amélioré depuis la grande armée quand il n'y avait que trois tailles de croquenots : petits, moyens et grands. Retiens une chose, les godillots ne se font jamais aux pieds du poilu, c'est le pied du poilu qui se fait au godillot. Le cuir militaire est trop dur et rigide. Pour l'homme, c'est comme pour l'armée, elle ne se fait pas à l'homme, c'est l'homme qui se fait à l'armée. »

Un coup de sifflet sec interrompt notre discussion, nous reprenons notre marche, progressons lentement à découvert sur un grand glacis d'herbes sèches et de ronciers, ici la terre a été peu martelée par les obus, la route serpente vers le nord-est, au-dessus de nos têtes, le ciel est limpide, seuls quelques moutons troublent le bleu azur, il persiste encore un reste de lune que le soleil va bientôt gommer. Nous prenons un chemin sur la droite, l'environnement me paraît plus familier, plus nous approchons de notre position, plus je m'aperçois que le secteur en a pris un sérieux coup. Du petit bois de feuillus qui dominait les premières tranchées d'accès, il ne reste que des arbres étêtés, comme coupés par une faux géante, la sente qui descend vers la roulante est obstruée à certains endroits par des éboulis que dégagent des grands-pères de la Territoriale, rendus hagards par tant de labeur ingrat… À n'en pas douter, il y aura bientôt un général illuminé qui les enverra terminer leur vie en première ligne.

Après avoir traversé ce dédale improbable, nous arrivons enfin sur la placette où était stationnée la roulante. Il y règne une ambiance de cataclysme. Il se répand une odeur de brûlé, de poudre, de décomposition rendant l'air presque irrespirable, des pans entiers de la muraille côté ouest sont effondrés, la roulante a été pulvérisée, dispersée, des morceaux de tôle jonchent le sol, sa cheminée a été éjectée au-dessus du parapet d'enceinte. Le mur de la paroi de notre cagna exposé plein ouest est resté à l'abri des obus, seuls les sacs de gravats de protection ont été pulvérisés par des éclats, la porte a été soufflée, hachée comme si une horde de fous s'était acharnée à la démolir à coups de merlin, des sapeurs du génie s'activent pour dégager les principaux boyaux d'accès aux tranchées. Mado escalade sans difficultés les derniers obstacles et pénètre dans l'abri, nous la suivons ; à l'intérieur, il y a bien quelques dégâts, table, chaises, paillasses renversés, ouf, le garde-manger est resté fixé au mur sans dommages. Dans la niche qui nous sert de cave, les bouteilles sont intactes bien couchées dans la paille protectrice. Le Gros aidé par Gilou redresse la table et les chaises et nous remettons le reste en place. Papi se dirige vers la « cave » en extrait deux bouteilles :

- Bon, les gars, faut pas se laisser aller, on a déjà eu un sacré coup de bol d'être au repos quand les boches ont piqué leur crise, sinon à l'heure qu'il est, on aurait peut-être les tripes à l'air, la calebasse défoncée, va savoir ?

Forts de son optimisme, nous liquidons sans échanger un seul mot les deux bouteilles, chacun dans ses réflexions… Gilou et le Gros se lèvent :

- On va faire un tour, nous renseigner sur la situation, à première vue, ça n'a pas l'air chouette, l'attaque a été violente, beaucoup de copains y ont laissé leur peau, les blessés font nombre.

Le soir venu, je vais m'asseoir sur les sacs défoncés, j'observe toute l'étendue du ciel qui brille d'étoiles bien nettes comme si on les avait lustrées. Le calme relatif devient oppressant, j'ai du mal à respirer, la poitrine comme serrée par deux grosses mâchoires, les étoiles s'éteignent toutes ensemble, se rallument instantanément : un moment d'absence… Mado, assise à mes côtés est très calme, peut-être que son instinct lui dit qu'aucun danger ne menace pour l'instant, moi, je ne peux me libérer de cette angoisse envahissante, m'obstinant à ressasser le fil des derniers événements. C'est le Gros qui vient me sortir de cet état léthargique :

- Tu veux un coup de gnôle ?

J'accepte, mais un détail me revient en mémoire :

- Est-ce que tu crois en Dieu ? Je te demande ça parce que dans la chapelle, tu t'es signé quand nous avons retrouvé le Zig.
- Ben… Mon geste, c'était plus un réflexe, qu'autre chose, une superstition ? Car, honnêtement, je n'ai jamais bien compris ce que nous racontait le curé au catéchisme : Dieu, la Vierge, Jésus, Dieu, le père qui n'est pas le vrai père, la Vierge qui est la mère de Jésus sans être sa vraie mère, donc pour moi, Jésus n'est qu'un pauvre orphelin, et pour faire la soudure, on nous invente le Saint-Esprit ! Tout ça, c'est trop compliqué pour moi et puis un père qui laisse clouer son fils sur une croix au milieu de voyous, soi-disant pour racheter les péchés passés et à venir des hommes, c'est une histoire pas bien claire. Jésus lui, ressuscite, mais nous, si on meurt, c'est pour de bon, aucune chance de revenir, dans le fond, tu vois, ça ressemble à notre affaire, les politiques et les chefs militaires seraient un peu Dieu et nous des Jésus par centaines de milliers et comme lui, nous nous laissons

clouer sur des petites croix blanches, mais pour racheter les péchés de qui, hein ? Je te pose la question.

- On ne rachète rien parce qu'il n'y a rien à racheter, nous ne sommes responsables de rien sinon que d'être les victimes de ceux qui nous ont crucifiés au nom de leurs propres intérêts. Dieu, s'il existe et j'en doute, ou tout du moins pas comme on nous le présente n'a rien à voir dans l'histoire, il y a bien longtemps que l'homme ne l'intéresse plus ou alors Dieu est le diable.

Après cet échange, nous nous levons et rejoignons l'intérieur de la cagna où les autres semblent endormis. Sur la table, une lanterne dont la flamme hésite, se colore de jaune et d'orange, vacille sur sa mèche et bistre son halo sur les murs alentour. Mado est étalée sur toute la surface de ma paillasse, profondément. Je la pousse pour me faire un peu de place, elle grogne en dressant les oreilles, je dois la déranger, mais finalement elle se pousse, pose sa tête sur ma poitrine, sa chaleur m'enveloppe, je sombre…

Au matin, nous sommes réveillés par des bruits de ferraille, de tôle que l'on manipule, coups de pioche, de scie, de marteau. À l'extérieur, une section de l'intendance est en train d'installer une nouvelle roulante flambant neuve, Papi s'esclaffe :

- Il y a déjà l'engin, manquent plus que le bois et la bouffe, remarque, pour le bois, avec toute la casse, il y a de quoi alimenter le foyer.

- Je vais faire un tour chez les radiotélégraphistes voir si mon Pays est toujours là, m'informe Gilou.

Avec Papi, je finis de remettre de l'ordre dans notre gourbi, nous réparons et renforçons la porte. Pendant ce temps, Mado vadrouille de partout à la recherche de quelque victuaille égarée au cours de la bagarre…

Peu de temps après, Gilou rentre abattu, la mine décomposée, le regard triste.

- Ton pote est blessé, mort ?
- Non, il m'a appris que le lieutenant poète Apollinaire a été gravement blessé à la tête par un éclat d'obus lors de l'attaque du bois aux buttes, il a été évacué, on ne sait rien de plus.

Après ces paroles empreintes d'une grande tristesse, il se dirige à l'intérieur de l'abri, abattu et va s'asseoir sur sa paillasse, jette son casque sur le sol, se prend la tête entre les mains. Papi le regarde d'un air inquiet, interrogatif, mais ne dit rien. Gilou soulève son matelas sous lequel est cachée la précieuse musette qui contient les carnets, rejoint la table, tire sa chaise bancale, se met à écrire, l'air grave. Papi enfile sa capote et s'éclipse discrètement, seulement suivi par l'odeur de sa pipe et Mado. Assis à l'autre bout de la table, je ne dis rien, je l'observe, je m'oublie dans le silence, n'ose pas lui adresser la parole. Il relève la tête, son regard croise à nouveau le mien, je ne vois dans ses yeux qu'un immense vide, un paysage nu, désolé, opaque, une lassitude sans avenir. Il me fixe droit dans les yeux, et face à mon air abruti me confie :

« Vois-tu, Napo, pour moi, lire, écrire, c'est une nécessité vitale, comme l'eau, le soleil, l'oxygène. Sans l'écriture, il ne resterait pas de traces de l'humanité, l'Odyssée d'Homère a ouvert toutes les voies de la littérature à venir… »

Le visage de Gilou se fige, un long tunnel s'ouvre, Gilou s'éloigne, s'éloigne, son regard triste et profond ne me quitte pas, je perçois la conscience de la vie vacillante, la conscience de la mort autour de lui, son regard ne me quitte toujours pas… De chaque côté du tunnel incendié, des centaines de niches dans lesquelles sont incrustés autant de visages stratifiés de poilus, figés par la guerre pour l'éternité, la bouche ouverte, semblant crier d'une même voix : « Pourquoi, pourquoi une telle horreur, c'est un meurtre ! » Au fond du tunnel, Gilou n'est plus qu'un petit point noir, soudain, ce point revient vers moi à une vitesse fulgurante, grossit, grossit, c'est un obus, un gros noir, il me percute de plein fouet, j'explose, transperce l'espace, ouvre les yeux, juste pour voir disparaître au coin de la maison, Mado et Gaffi qui, dans une course poursuite ont renversé mon transat et l'ont projeté à terre.

Hébété, je suis assis sur le cul :

« À bientôt, Grand-père ! »

Épilogue

En ce 26 septembre 1964, un soir de début d'automne, comme souvent à cette période de l'année, après une journée chaude, lourde et humide, Grand-père rentrait chez lui après une journée passée à aider son fils peintre décorateur, à restaurer une fresque dans un restaurant. Mains dans les poches, sifflotant, insouciant, pensant sans doute à Mado qui attendait sa petite gâterie du soir, le sucre de son café qu'il avait conservé dans sa poche. La nuit était déjà tombée, l'orage avait éclaté, les éclairs zébraient le ciel noir, le rendant incandescent, tels le canon, les roulements plus ou moins forts du tonnerre se répétaient, se rapprochaient, la ruelle qu'il empruntait avait été en partie creusée d'une tranchée qu'il dut contourner.

Juste à ce moment, survint une bicyclette sans éclairage qui le percuta. La violence du choc l'envoya par le fond de la tranchée, son crâne heurta une pierre, il mourut quelques heures plus tard, ce jour la Mado ne l'accompagnait pas ...

Ainsi en est-il du destin...

Lexique

Napoléon Louis Eugène Boulonne : état civil de mon grand-père

Argot des poilus :

1- *Roulante : cuisine roulante*
2- *Cagna : abri du poilu*
3- *Marmite : gros obus*
4- *Bleuet : jeune recrue*
5- *Cabot : caporal*
6- *Caoua : café*
7- *Flingot : fusil*
8- *Gnôle : alcool*
9- *Gourbi : abri*
10- *Juteux : adjudant*
11- *Bouthéon : récipient servant à transporter la soupe*
12- *Rosalie : baïonnette*

Achevé d'imprimer en France par

Centre
Littéraire
d'Impression
Provençal

imprimerie-clip.com

Imprimé sur papier Clairefontaine fabriqué dans les Vosges.